COLLECTION FOLIO

René Frégni

Le voleur d'innocence

Denoël

Né le 8 juillet 1947 à Marseille, René Frégni a déserté l'armée après de brèves études et vécu pendant cinq ans à l'étranger sous une fausse identité. De retour en France, il a travaillé durant sept ans comme infirmier dans un hôpital psychiatrique avant de faire du café-théâtre et d'exercer divers métiers pour survivre et écrire.

Depuis plusieurs années, il anime des ateliers d'écriture dans la prison d'Aix-en-Provence et celle des Baumettes.

Il a reçu en 1989 le prix Populiste pour son roman *Les chemins noirs* (Folio n° 2361), le prix spécial du jury du Levant et le prix Cino del Duca en 1992 pour *Les nuits d'Alice* (Folio n° 2624), le prix Paul Léautaud pour *Elle danse dans le noir* (Folio n° 3576) en 1998, et le prix Antigone pour *On ne s'endort jamais seul* (Folio n° 3652) en 2001.

À ma mère
qui m'attend en dormant
dans le soleil des collines

Cette année-là il y eut de longues grèves. Mon oncle le cheminot se pendit. Maman me donna son prénom : René-Jean. Elle l'avait tant aimé son frère, ils avaient grandi ensemble avec l'herbe des prés.

Je suis né le 8 juillet dans les collines. La canicule ruisselait de partout. Marseille n'était en bas qu'une flaque de goudron. J'ai glissé dehors aussi facilement qu'une sueur. Tout glissait d'ailleurs, fondait, flaquait dans la grande sieste des banlieues. J'ai attendu le soir et la fraîcheur avec les autres, collé aux draps, au fond d'une chambre jaune de vieillesse et de chaleur.

J'ai tellement eu chaud cet été-là que depuis, l'hiver venu, je ne me suis jamais plus réchauffé. Je suis l'enfant du soleil. Je grelotte au moindre remuement du ciel, je ne me déploie un peu qu'un ou deux mois par an sous le zénith en feu et encore, avec de gros pulls en laine que me fit ma mère avant que je parte au régiment; tricotés si serré que même la pluie ricoche sans pénétrer.

Mon préféré est le bordeaux qu'elle m'envoya pendant les manœuvres, nous dormions sous les camions, les petits gaz bleus avaient gelé. Je ne l'ai jamais plus quitté, c'est un berceau gorgé de chaleur.

Voilà ce que c'est de naître dans une colline qui flambe sa résine. J'ai grandi dans cette maison de banlieue à étages. Côté impasse nous étions au premier, côté jardin ça faisait un second avec les caves au-dessous ; et les voisins entre nous et le charbon.

Le jardin contenait tous les beaux souvenirs : le lilas violet au fond, contre le mur en ruine que nous n'avons pas arrangé par la suite avec les ribambelles hurlantes que nous y traînions, mon frère et moi, et qui escaladaient tout et tout le temps. L'abricotier en forme de girafe que nous avons chevauché après tous les cinémas, en changeant seulement de chapeau selon le film que nous venions de voir.

Il y avait un puits qui filait au centre de la terre, un minuscule lavoir de pierre et une poulie rouillée. Le puits aux viscosités sonores que je n'ai jamais osé découvrir de ses vieilles planches vermoulues et d'un morceau de marbre blanc. Où ma mère a dit cent fois qu'elle se jetterait les soirs de grande crise. Où je courais directement quand je ne la trouvais pas devant l'évier, à la cuisine. Cette bouche aux boyaux sans fin s'ouvrait la nuit pour engloutir mes rêves.

Je me réveillais trempé. J'appelais « Maman ! » Nous dormions tous ensemble ; nous avons toujours dormi tous ensemble jusqu'au régiment.

Peut-être avions-nous moins peur ? Ou plus chaud ? Il n'y aurait pas eu la vie, on ne se serait jamais quittés.

Et puis il y avait un petit pigeonnier de briques dans un coin, entre le puits et le cabinet en planches des voisins, avec ses trous pour l'envol des pigeons. Mon père y faisait la sieste sur un vieux divan crevé qu'il avait tiré là, à l'abri des regards, au milieu des beaux bruits de campagne à l'heure des tracteurs lointains et des oiseaux dans le cri bleu du ciel. Mon père aurait eu un château qu'il serait allé se fourrer aux écuries, rêvasser dans les douces moiteurs du crottin. Il a toujours eu le béguin de la cloche, la pauvreté c'est son vice, sa chair, son souvenir. Il ferait dix kilomètres un 15 août pour ramasser un clou rouillé signalé dans une garrigue. Il a l'asile de nuit dans le sang.

Cela doit lui venir de sa famille qui eut un nom raccourci par un périple au fond d'une Europe qu'on ne connaît même pas, dans des errances de grand dénuement. Brandoli, il paraît que ce n'est pas un nom, il devait lui traîner un « ski » derrière, jadis, ou autre chose. Nous sommes les seuls dans tous les annuaires à nous appeler ainsi. Si encore nous avions le téléphone, nous n'avons même jamais eu la télé.

Il y eut d'abord l'affaire du lait, je fus reconnu insevrable. Obnubilé par la friandise je ne vivais plus que pour la tétée. Personne ne pouvait s'approcher, je montrais les dents. Il y avait lurette que je trottais et causais comme un homme, l'heure c'était l'heure, il me fallait mon sucre, ma ration, ma lumière et mon plaisir. Un instant de retard m'était fatal, j'avais des visions de disette, je hurlais.

C'était le manque d'après-guerre. On avait tout infusé dans mon sang, j'avais tout subi, vécu, souffert : les angoisses nourricières, les seins précocement taris. On ne me ferait pas lâcher prise si tôt.

Quand j'eus trois ans ma mère qui couvait mon regard a flanché de stupeur. Elle a décelé la tare, l'absence de symétrie, l'épouvante ! Mon œil gauche vaquait dans son coin, pesamment à la traîne, le droit suivait seul tous les déplacements. Ce fut pire qu'une redéclaration d'hostilités, j'avais Oradour dans l'œil gauche. Un œil presque mort où vacillait une faible bougie.

Personne ne pipa, nous n'osions plus nous regarder en face. La famille n'était plus qu'un strabisme ; j'étais le centre nerveux de cette infirmité, son déséquilibre. Je faisais mal à regarder.

On me tira chez tous les spécialistes de la place de Marseille, tous les anciens des facultés. En sortant, chaque fois, effondrée, livide, ma mère répétait pour elle, le regard perdu dans le vide des boulevards : « Il a le nerf trop court, beaucoup trop court. »

Nous repartions vers notre tram, vers nos banlieues avec mon nerf trop court et nos habits du dimanche. En attendant le numéro 5 elle m'achetait vite un chou dans une belle pâtisserie toute en miroirs et parfums verts et roses, elle me souriait tendrement, indéfiniment, avec déjà au fond des yeux la nostalgie de notre avenir.

Il m'en a rapporté des choux, cet œil fada... Et des babas plus tard, et des tristesses aussi...

Je raconterai jusqu'au bout : les cruautés qu'on a dites sur mon œil, la méchanceté torve des grands et la franche vacherie des enfants, ces venins en pleine croissance.

Malgré tout l'affaire du lait ne trouvait pas son compromis. Ça prenait paraît-il des allures inconvenantes. On m'avait fait faire une paire de lunettes rondes avec branches en ressort, remboursées par la Sécu et incassables. Ils tiquaient les voisins quand ils venaient à la maison : ce petit homme à lunettes qui pompait goulûment sur l'organe fourbu. « C'est indécent à cet âge, presque cochon. »

Alors mon père là-dessus :

« C'est du salé qu'il lui faut, c'est un garçon ! Les sucreries et les gâtés ça en fera une fillette, une vraie gonzesse ! Toujours dans les jupes à sa maman ! »

Je n'entendais rien, je pompais. Avec mes lunettes le beau globe était surprenant. J'étais embouché à l'univers, je sirotais l'infini.

Et pourtant, depuis trois ans que je tirais sur ces glandes, je ne prenais plus que l'illusion, la chaleur vaguement humide et molle du téton asséché. J'étais forcé d'avaler des bouillies, des farines, phosphatinées, blédinées, des Fallière et des fruitées. On a tout essayé comme diversion, je lorgnais toujours vers le corsage, j'en biglais deux fois plus. On me prit pour un attardé.

Dans la journée je ne voyais ma mère qu'en coup de vent aux heures des repas. Elle courait comme une dératée pour son travail, d'hôpital en école, de bureau d'hygiène en « repassez plus tard ». Elle aurait voulu éponger partout les flaques de misère, les relents de pauvreté. Elle était tout et mal payée : infirmière et assistante sociale, mère des bas quartiers, Immaculée de tous les gueux, traîne-savates et pleins de poux. Voilà comment on l'émiettait ma mère.

J'attendais la nuit pour prendre ma revanche. Là je la tenais, à côté, jusqu'au jour. Il faudrait bien qu'elle le sorte son lait si doux. Ça n'aurait tenu qu'à elle j'aurais toujours ma ration, même aujourd'hui. Mais il y a tous les autres autour pour scruter les croissances biaiseuses et empêcher les quelques plaisirs.

Sûrement qu'ils étaient épuisés, fourbus et moulus mes parents après les décarcassements du jour et les soucis de bouts de chandelle, je le savais déjà. Je ne pouvais pas me retenir. C'était plus fort que moi, j'avais le grand manque dans la bouche, l'irrésistible besoin de suçoter. Le sein ou la syncope !

Mon père, qui avait pourtant le sommeil des poids lourds, tombait du lit au premier rugissement. Il n'a jamais pris l'habitude. Il était si loin dans son sommeil que lorsque sa nuit se fracassait il croyait toujours à une attaque, un cataclysme. Sa main était déjà sur le fusil, enseveli sous la literie qu'il avait entraînée dans sa panique. J'entendais sa voix étouffée par les couvertures : « Ah l'enfoiré ! Le petit con ! Saligaud ! »

Froissements brusques, couinements d'édredons : il s'extirpait des langes, refaisait surface, vert de colère sur le gris bleu du mur. « Jusqu'à vingt ans il va téter celui-là ! On pourra plus jamais dormir ! Il va pas la fermer un peu enfin ! C'est un malade ! » Il se retournait violemment vers le mur, le tas de draps jeté sur lui : « Fais-le soigner ton minot, fais-le voir !... Allez vous faire voir tous les deux ! »

Ma mère ne répondait pas, toute petite dans tout ce noir dont elle connaissait les moindres angles, les infimes lueurs. Elle attendait que ça passe, me berçait contre sa chaleur, que je n'aie pas peur, que je n'aie pas froid, que je me rendorme heureux, rassasié. On se comblait l'un l'autre ; nous nous étions rabattus vers de nocturnes complicités, dans le profond secret des alcôves muettes et bleues.

L'aurore posait sur nous les pâleurs du sommeil après la nuit d'amour. Elle me couchait dans le petit lit de bois rose à portée de souffle, rebordait, tapotait, effleurait, voletait tout autour puis elle s'étendait, là tout près, dans sa nuit blanche, les yeux grands comme le jour.

Avec mon frère aîné Ange-Paul la force des choses avait orienté autrement les amours. Surgi hâve et verdâtre le dernier jour de la guerre, noueux comme un cep de vigne, il avait pompé jusqu'au vent le canon d'une source pour le moment tarie, sucé cette cruche de chair jusqu'à l'épuisement. Il plantait ses crocs partout dans les hasards du lit. Quel gâchis de tendresse ! Le sevrage ne fut pas difficile, il n'y avait pas eu les ronrons de l'émoi nourricier. Il faisait pitié. Il dormait seul, le cul en l'air, dans la salle à manger. Une pièce qu'on nommait à tort ainsi, nous mangions dans la cuisine. Il fut toujours le seul à dormir seul.

Quand j'étais bien recouché dans le petit lit, je serrais très fort mon matelot en caoutchouc ; je n'ai jamais pu m'endormir sans son col sur mon cou.

Un jour d'été on m'envoie chez Mamie, dans une pension de famille où elle gîtait alors. Des promesses sucrées m'attendent là-bas. On m'embarque avec le mataf pour la première fois sans maman, dans le car bleu des Alpes, près du chauffeur. Plus haut, au bord de la Durance, la chaleur du moteur m'endort dans les bras du poupon.

Le soir, loin de tout, dans une chambre sans visage j'ai vu la mort pour la première fois. J'ai glapi vers ma mère à me fondre les cordes, bramé à épouvanter le marin. Je suis tombé d'un grand lit, j'ai rampé, tâtonné, griffé, souillé, vomi, hurlé.

Le matin on a retrouvé un petit pied bleu en caoutchouc, c'est tout ce qu'il restait du matelot. Je l'avais avalé. J'aurais bouffé toute la marine, les bateaux et les pompons. J'avais bu toute ma mère.

À la fin de l'été, rouge d'air pur, Mamie me ramena avec une grande provision d'oxygène pour l'hiver.

Dès les premières brumes d'octobre je suis entré un matin à la maternelle du quartier, juste au bout de notre rue, derrière de grandes grilles et un drapeau français. On pouvait lire en grosses lettres forgées : ÉCOLE COMMUNALE DE GARÇONS. VILLE DE MARSEILLE.

Une classe en planches m'attendait, reléguée au fond d'une cour. En face se dressait l'écrasant château du savoir, mon frère venait d'y être admis avec les grands.

De cette rentrée lointaine ne me parvient que mon désarroi, ballotté dans la meute des tabliers à carreaux et chaussettes de laine qui tire-bouchonnent aux pieds ; odeurs confuses de grands rideaux verts chauffés de soleil, de graisse de cantine et de chocolat, de crayons taillés ; les fatigues du soir, la nuit tout autour et le brouillard du vieux poêle à charbon accroché dans les morves ; des petits corps couchés dans les bureaux et les dessins de couleurs éteints sur les vitres obscures. L'interminable attente de la cloche, là-haut, sur le toit inquiétant et studieux des grands.

Un visage tout blanc de cheveux et de craie, sourire exténué : on l'appelle Tatamalé quand on veut faire pipi. C'est à l'autre bout de la cour le seul lieu de rencontre. J'ai tout le temps envie pour voir Ange-Paul, mais lui on ne le lâche jamais. Il est enfermé là-haut dans la science avec les hommes en gris qui font marcher par deux sous le préau sonore aux récréations.

Longtemps après on n'est plus que quelques-uns à la garderie, ceux qui ont des mères au travail quelque part dans la nuit. Et tous les jours on est sur ce rafiot à attendre la terre, à regarder ceux qui ont le droit de débarquer avant, heureux dans les bras de leur mère. On se demande chaque fois, quand on est presque seul, si elle reviendra ou si l'on est perdu au fond des bureaux tristes et noirs.

Un jour, très fatiguée, ma mère me dit : « Je vais me reposer à la campagne, je reviendrai avec un beau cadeau pour toi. » Elle disparut dans l'hiver.

Le soir mon frère venait me chercher dans les planches et les odeurs, il courait si vite avec les paquets de garnements que je flottais derrière, accroché à sa main sous les ampoules de la rue.

« Votre mère sera là quand vous rentrerez de l'école », nous annonça un matin papa. Toute la journée je restai debout contre la vitre à regarder si elle ne traversait pas la cour vers moi. J'arrivai chez nous le premier. Je sentis son parfum en montant l'escalier ; je bondis dans la cuisine en riant. Ravie, elle était assise devant le poêle à charbon... Quelqu'un était là qui pompait dans son sein. J'étais béant. On prenait mon lait !

« Viens voir, mon Tounet, ta jolie petite sœur. Je l'ai achetée pour toi, viens vite voir le beau bébé. »

Je me rapproche un peu, me hisse sur les pointes : une bouche avide se gloutonne le téton. Mon œil droit fait six tours, l'autre en fait deux, mes sphincters renoncent, laissent tout partir. Je prends à tâtons une petite main qui traîne après la manche d'un burnous rose. Il y eut un cri de terreur à fendre les cloisons, ma mère faillit lâcher le cadeau. Mes cheveux se dressèrent. La petite sœur poussait des hurlements d'écorchée. Il y avait quatre entailles profondes dans sa main.

Les grands-parents maternels rappliquèrent illico. Ce fut un grand moment, ils ne s'étaient pas vus depuis une vie. Ils avaient jeté deux enfants dans le monde, et bonsoir la compagnie. Depuis ils passaient, chacun son tour, à la maison, pour ne pas se croiser dans l'escalier.

En général, lui, c'était avec le printemps qu'il débarquait de sa Corse, tirant depuis l'île des malles fondantes et flatulentes de fromages corses, figatellis, lonzos, coppas et autre châtaignades. Aucun taxi ne le voulait à La Joliette pour regagner notre banlieue, on le connaissait, pardi ! Ceux des chauffeurs qui avaient fait jadis l'erreur de l'embarquer avec ses valises coulantes, traînaient sur leur moleskine l'infection de cet épouvantable remugle. Dès qu'il surgissait sur le débarcadère, ployé sous les ballots, on détalait de tout le port vers les hauteurs plus ventilées de la porte d'Aix. Le fauve était lâché avec la fromagerie.

Alors il transbahutait tout jusqu'au tramway, en haut de la Canebière. Ça lui prenait bien la matinée. Il faisait le vide à chaque terrasse de café où il s'effondrait sur son barda pour s'essorer. On lui servait au sprint un demi panaché et on fuyait vers les arrière-salles s'enfouir le nez dans le trou des billards où l'air coule profond. Personne ne ressortait pour encaisser. Il faisait tinter la pièce sur le marbre et repartait dans le soleil de mai, son mouchoir noué aux quatre coins sur le crâne, son immense nez fendant le halo des odeurs.

Parvenu au tramway, c'était pire, les queues de banlieusards se dispersaient sous les platanes vers le palais Longchamp. Le contrôleur de la ligne le flanquait tout au fond de la plate-forme arrière, seul, et on l'emportait toutes issues béantes, en trombe, au diable.

Quand on l'entendait hennir dans le couloir, on le reconnaissait tout de suite. Il arrivait sans prévenir et chaque fois il restait coincé entre la rampe et le mur, écrasé sous le paquetage. Avec mon frère on en criait de joie, on poussait et hissait le beau vieillard odorant jusqu'à l'étage. Ah ! qu'il sentait bon ! Il s'effondrait devant son bol de café noir avec le pain qui trempe. Radieux. Il nous apportait de quoi tenir un hiver ; c'était sa joie, sa raison d'être, l'ultime utilité de sa vie.

Une fois tout requinqué, il se dressait dans le silence. Il entreprenait alors les solennités du grand déficelage : mètre par mètre les cordages se dévidaient sous les doigts du vieil enfant ravi, jusqu'à ce que la valise ne soit plus qu'un amas de carton mâché, exténué jusqu'aux charnières. C'était l'apparition des joyaux, on en tournait de l'œil de plaisir.

Avec quelle tendresse il faisait jaillir les tommes de leur écrin de papier journal !

Nous léchions ces journaux crémeux jusqu'à l'effacement du parfum et de l'encre. C'était encore le revers des restrictions, ce qui nous restait des famines.

Ah ! mais quand ma grand-mère se pointait au gros de l'hiver pour se chauffer un peu les souliers au coin de la famille, ce n'était pas du tout le même tabac. Fini les flonflons ! Point de sucreries ni laitages, aucune gourmandise du cœur, rien que journaux et imprimés, mottes énormes de paperasses, monticules d'ennui. Il fallait filer doux !

Nous étions tous au garde-à-vous dès que nous recevions sa lettre : « Arriverai vendredi midi tapant, espère vous trouver tous en bonne santé. »

Personne ne se serait permis le moindre léger malaise. La maison repartait comme une chaîne de montage. Même avec 40° de fièvre mon père se trouvait vite un patron, juste le temps du typhon, avec heures supplémentaires si possible.

C'était une minuscule créature revêche, plus sèche qu'un désert, avec un nez plat en forme de semelle et des yeux... Ah, ces yeux ! Deux boulets de terreur balayant tout de derrière leurs fentes, bridés juste ce qu'il faut pour qu'on ne sache pas d'où partiraient les coups ; comme dans ces films américains d'après-guerre, où le colonel japonais bandé devant sa case foudroie d'un regard le jeune héros U.S. capturé.

Elle était comme ces dictateurs partis de rien et prêts à tout. Elle s'était faite elle-même à la force du poignet. Née bergère au Revest-des-Brousses, entre Banon et Forcalquier, elle avait mené le troupeau pendant plus de dix ans ; obnubilée depuis ses premiers sabots par l'idée de Culture, celle des villes brillantes, pas cette lèpre de terre que l'on gratte à longueur de vie ; la scintillante, celle qui spiritualise tout. Bref, elle rêvait d'esprit.

Son père, sombre besogneux, la surprenait au revers des plateaux, du papier à la main, le troupeau en vacances aux quatre coins du ciel. C'était la bastonnade brève et bien conçue dans le secret des combes.

Un jour, s'étant enfuie jusqu'à Manosque couverte de bleus et d'écorchures, elle se présenta au collège, manifesta une telle douleur et un tel désir d'apprendre que la directrice décela une vocation. Ensemble elles remontèrent au Revest.

Le père commença par mettre tout ça dehors. Mme la Directrice ne l'entendit pas si rustrement, elle fila droit peser de tous ses titres sur la gendarmerie du coin. Le père à aucun prix ne voulait se séparer de sa main-d'œuvre. Force lui fut de constater que celle-ci ne valait pas la moitié de la queue d'un bon chien. Il finit par céder avec promesse qu'il n'aurait aucun frais de pension. Il en fut par la suite tout autrement. Toute la famille se saigna pour l'illuminée.

De peur d'être kidnappée, celle-ci ne se montrait plus hors du collège, elle se goinfrait d'idées fines. Elle avait rayé de sa mémoire l'odeur repoussante de l'ignorance et du purin.

La directrice avait vu juste, ma grand-mère fut à vingt ans institutrice.

Alors elle remonta là-haut, sur les plateaux sans rives, et du fond des bergeries ils ne comprirent rien à ces préciosités étranges. Les ponts étaient définitivement coupés. Elle repartit à travers sa vie comme elle avait commencé, seule sur le pavé des mots.

Elle devint le personnage de la famille, tout le monde la respecta. Il y avait un diplôme pour nous tous et c'est elle qui le détenait; comment aurait-on pu résister au prestige, ne pas la craindre, crasseux bouchés que nous étions!

Elle sévit ainsi quarante ans dans le laïque et l'obligatoire, jusque dans notre quartier. C'est pourquoi nous habitions impasse Fernand-Durbec, à l'étage. C'est là qu'elle avait élu domicile un bref instant, jadis, le temps de terroriser toutes les gouapes alentour et repartir porter ailleurs le fer du sacerdoce. Elle nous avait négligemment cédé le bail. Depuis nous y survivions à trois pas de son ancienne école où j'allais, ma première jeunesse durant, vieillir d'ennui.

En attendant, que je vous raconte le raffut qu'elle semait dans nos banlieues.

C'est à l'heure de la retraite qu'elle avait découvert sa deuxième vocation : le Parti communiste français avait soudain comblé l'immense oisiveté. Pas un jour de répit, pas un instant de rêverie. Le jardinage, quelle sénilité! On allait l'entendre exhumer les scandales du côté du Capital!

Elle était partout. Pas une réunion, un défilé, une distribution, un colloque, un comité, une émeute où elle ne fût. Elle s'enfuriait sur tous les fronts : pour la paix bien détendue, les femmes bien françaises, contre la vieillesse qui tue, les classes qui muent, les cataclysmes et les ouragans fomentés, contre les indécis, les convaincus du contraire. On ne savait plus, elle en voulait au monde d'être le monde.

Lorsqu'elle partait par les rues, mon père se remettait à claquer des dents. En général ça ne loupait pas, elle était aussi crainte que moquée tout bas, les socialistes l'avaient surnommée la cacarinette rouge, eu égard à sa taille pour le moins confidentielle.

Par bravade elle passait devant le bar *Terminus*, siège de la S.F.I.O. Derrière les vitres, entre les coupes argentées ramenées des stades et le boulomane en faux bronze qui lève le pied et jette la boule, on la voyait arriver de loin en se bousculant d'impatience, on jouait du coude pour entrevoir cet infime justicier longeant le trottoir.

Quand elle atteignait la vitrine, de véritables grappes hilares s'y écrasaient. Elle gravissait les trois marches de pierre, poussait avec dédain les deux battants de ce saloon et entrait sous un silence de tombe dans la cathédrale du vice.

Ça tournait à la magie. Pas plus haute que le comptoir, elle fendait ce caillot de déchets. Les rires s'étaient figés en grimaces, les nez tombaient dans les mominettes; c'était à qui saisirait le premier un jeu de cartes ou le 421. Son regard ne croisait plus que des nuques ployées. Elle restait là, comme un couteau dans le dos rond des choses. Personne ne comprenait la force du démon.

La petite créature pivotait sur ses talons, sortait sans un mot de ce bloc d'épouvante et s'en allait, hautaine, planter ailleurs son glaive tel un irrésistible Napoléon de banlieue.

Elle jouait sur la mémoire. C'était ce même ramassis de cancres qu'elle terrorisait vingt ans plus tôt sur les bancs de sa classe. Elle avait été l'ordre, elle le demeurait. Elle n'était parvenue jadis à leur apprendre qu'une chose, que le triangle avait trois angles, que l'équerre était donc un triangle, qu'un coup de triangle sur le crâne ça donnait une sacrée symphonie.

On se tenait désormais peinards au poulailler : dans le grand concert de la vie où eux, les plus petits, ne saisissaient pas toujours le sens profond de la musique.

Mes grands-parents s'étaient rencontrés vers le début du siècle dans un petit village où vient mourir le Verdon après une vie de tumulte dans les viscères abrupts des monts. Là tout redevient calme. Reprend, paisible, le doux moutonnement du thym et des lavandes jusqu'à la mer. C'est dans ces quelques bâtisses accrochées aux derniers soubresauts de l'Alpe qu'ils avaient été nommés, à Moustiers-Sainte-Marie.

Lui, comme tout Corse, avait quitté l'île pour

faire observer l'ordre sur le continent. Il était devenu le plus doux des gendarmes. Avec ses grands yeux calmes et ses gestes de velours, il sillonnait sur son vélo les petites routes ensoleillées du canton. Il n'arrêtait pas grand monde. Il était là, sous son képi, dans la touffeur des moissons, à rassurer les foyers par son simple uniforme, à signifier que le temps s'écoulait égal et sans accroc sur la terre embrasée. Dans les fermes alentour, du plus loin qu'on le vît, tout le monde souriait à l'immensité de son nez et de sa mansuétude, bien rassuré par cette ombre bonhomme qui suait dans les côtes comme un bon vieux cheval qui ne fait pas d'écarts et vous amène, sans un mot, jusqu'au bout de la vie.

Elle était déjà le féroce adjudant des casernes laïques, le sous-off des enfants. Elle le trouva grand, fort, séduisant. Parlant peu certes mais comment aurait-il pu, avec elle on n'en plaçait pas une.

Il fut subjugué par cette autorité. Il avait trouvé son chef, sa poigne, son cerveau. Désormais il lui voua un culte.

Les choses allèrent très vite, avec elle on ne badinait pas. Le mariage fut arrêté sous quinzaine et tout le monde obtempéra. Ils s'embarquèrent pour la Corse, les noces auraient lieu là-bas dans sa famille à lui. Elle avait rompu avec tous les siens.

On fit ça grandement. Huit jours durant on banqueta au cœur de la Castaniccia, dans le petit hameau perdu de François. Trois orchestres dans le grand salon bleu se relayèrent jour et nuit, des tables croulantes sous cent gibiers restèrent dressées une semaine, chaque porte était flanquée de sa barrique.

Des fastes et festins dont on parla longtemps bien au-delà d'Orezza. On dormait n'importe où à la fin, entre deux valses et un civet ; les escaliers de pierre sous les voûtes étaient jonchés de corps ; on cuvait le plaisir jusque dans le séchoir à châtaignes et la soue aux cochons.

Mon grand-père n'en finissait pas d'arpenter les couloirs, la placette, les chambres et les écuries désertes, arqué d'orgueil, sa dulcinée gonflée d'intelligence à un bras, sa fourragère à l'autre. Il faisait honneur à tout le canton, on voyait bien qu'il avait réussi.

Un mois plus tard l'obscur hameau se nourrissait encore des rogatons. Les époux avaient repris du service et le long et sévère égrènement du temps son inexorable tic-tac. La vie avait eu son grain de folie pour mieux sanctionner l'ordre qui dès lors et toujours régnerait.

Très vite l'idylle creva. Elle ne pouvait plus le supporter, ce dadais mangé par sa moustache. Elle lui avait un temps rédigé ses rapports ; maintenant quand elle voyait arriver, le soir, cet amas de muscles luisants avec à la place du regard un vacillement douceâtre, elle était prise de nausées « Pauvre François, que tu peux être bête ! Que je me repens d'avoir vibré pour tes monceaux de viande, ai-je été sotte ! Car tu n'es que ça, François, du muscle, de la couenne et du lard ! »

Il avait été si fier de ses muscles jusque-là qu'il ne saisissait pas leur nouvel effet sur sa femme. Il se regardait le ventre, pensait peut-être qu'il ne s'entretenait pas assez, que sa trop étincelante épouse le jugeait un peu mou, un peu rond…

Elle ne pouvait plus le sentir là, avec ses relents de sueur, de procès-verbaux et de tabac chiqué.

Un jour qu'il n'avait rien fait de plus qu'à l'ordinaire, elle le mit dehors avec ses uniformes, ses brelages, ses guêtres et ses éternelles malles qu'il tirait déjà avec lui et qui lui venaient de bien loin : « Va au diable, grand benêt, et que je ne revoie plus ta face de crétin résigné… Allez ouste ! Retourne bâfrer ta charcutaille, va courir avec tes cochons dans ton maquis ! Que je ne te revoie jamais ! »

Ce fut le dernier dialogue de leur vie.

Il avait demandé sa mutation. En attendant, il s'en était retourné un peu vers sa famille ; là au moins on l'avait toujours trouvé très beau. Mais au moment d'entrer dans le petit village avec ses paquets, ses jambes avaient fondu. La coutume voulait qu'on ne rentre au pays que perché sur l'âne ou le mulet, la femme venant derrière, aussi chargée que le baudet. Lui débarquait à l'improviste, seul, à pied. Il avait progressé, accablé de solitude, dans le petit raidillon qui mène aux premières maisons, c'était l'heure chaude où l'on revient des champs ; derrière les volets tirés il devinait les regards.

Personne n'était sorti pour l'accueillir comme hier encore. Un grand silence étouffait le hameau.

Il l'avait traversé courbé sous ses énormes malles, dans le soleil, la douleur et le bannissement des siens. Il rentrait chez lui comme on s'en va au bagne, pour y finir sa vie.

Il n'avait connu qu'une passion, cette si fascinante épouse qui l'avait renvoyé. Il ne savait pas très bien pourquoi, ni ce qu'il avait fait.

Bien des années après il y rêvait encore, plus amoureux que jamais, en coupant l'herbe des jardins qui dégringolent en terrasses vers le torrent, ou le soir en appelant les chèvres sous les fougères géantes, il pensait doucement à elle et il restait là, debout, tard dans la nuit à regarder rien.

Le jeudi et le dimanche on nous faisait prendre le soleil, mon frère et moi. Vers neuf heures, les matins d'hiver, il descendait lentement contre notre façade, touchait le trottoir et tiédissait les seuils. Devant chez nous au 22 il y avait un mûrier habité jusqu'au ciel par des troupeaux de vers. On nous posait sous la carcasse creuse. Nous ne risquions rien à l'époque, les voitures ne venaient pas jusque-là. C'était un recoin sans issue où les enfants peuvent grandir plus libres. Nous surprenions quand même les regards cernés de notre mère derrière les vitres de la salle à manger. Elle avait l'obsession du tramway avec ses roues de fer qui avaient déjà coupé bien des jambes d'enfants un peu partout dans la ville, et aussi une fois au bout de notre rue où il dévalait dans le tintamarre infernal de toutes ses ferrailles tranchantes. Elle avait de mélancoliques sourires d'approbation quand nous levions les yeux, assis dans la poussière de cette terre usée.

Plus tard on a goudronné, coupé tous les platanes et notre mûrier. Il y a quelques années, quand je suis repassé chez nous pour voir, ils avaient défoncé le mur de l'école avec un bon morceau de la conciergerie. Il y a toujours la petite plaque bleue au coin du P.M.U. : Impasse Fernand-DURBEC. Maintenant elle débouche sur des champs, elle court se perdre vers d'autres banlieues jusqu'à La Bédoule et bien plus loin si on continue, après les enclos de choux de Bruxelles, aux confins des maraîchers. C'est le grand fleuve des charrois anonymes qui foncent vers des géométries que l'on n'a pas encore eu le temps de nommer. Là où le tram n'ira jamais, il n'existe plus depuis longtemps. Ils ont enlevé les rails, les pavés et les barrières vertes aux arrêts. On se demande comment le soir peut encore répandre ses rougeurs tout là-bas.

Château-Gombert était plus un gros village qu'un vrai quartier comme on en voit aujourd'hui, hérissé de colosses gris et d'éclats de vitres qui repoussent le soleil aux portes des cités. Pour l'atteindre il fallait dépasser la périphérie grouilleuse et traverser encore des prés et des pavillons, avec de temps en temps une ferme basse tout ahurie de voir la ville lui tomber dessus à grues raccourcies.

Quand on voit l'enseigne vert bouteille du bar *Terminus* on peut descendre, c'est le bout de la ligne. Il n'y a plus grand monde sur la machine ;

quelques têtes connues sous la fatigue qui rentrent après la somnolence du voyage et les cahots du jour.

Le soleil, même en hiver, poursuivait sa course basse au bord des tuiles. Vers midi il sautait par-dessus les toits pour éclairer le fond des jardins. L'impasse s'affaissait dans l'ombre jusqu'au lendemain. Les arbres s'étiraient encore un peu vers la lumière et les moineaux mais c'est ailleurs que l'on vivait, que les voix des gosses se déplaçaient dans les rayons.

Un peu plus grand, mon frère allait rejoindre les cliques braillardes de saute-ruisseaux. Je descendais au jardin. Le soleil craintif d'onze heures-midi se hasardait maintenant sur le mur du fond et les petits bras nus du lilas sortaient des torpeurs de la nuit. La lumière avait basculé de ce côté.

Les regards de ma mère venaient se coller à présent aux vitres de la cuisine et je grandissais d'une façade à l'autre, tournesol perdu dans son miroir de feu.

J'étais bien, tout seul, à gratter la terre avec une cuillère et construire des continents avec les brindilles froides de l'hiver. Enfant j'ai toujours préféré le côté jardin avec ses solitudes et les troubles rêveries où j'embarquais. Mon frère adorait les rues criardes et débraillées. Plus tard il est revenu vers la maison, nous étions grands. Il a regardé les rosiers sauvages, les briques usées de soleil et les planches pourries du puits, si belles.

Nous nous sommes croisés dans l'escalier. Je suis parti dans les rues, vers la cohue des hommes, loin du regard fiévreux d'une mère qui guette. Et puis on disparaît, les vitres n'ont plus d'yeux et les jeux sont finis. Il faut suivre sans fin l'ombre froide des villes. Le soleil vous revient comme une nostalgie, on ne le croise plus sous ces porches venteux.

Du fond du jardin si je baissais un peu les yeux sur la fenêtre d'en dessous, il y avait un autre regard, pas le vaste et doux de ma mère, un sournois, fuyant dans la pénombre quand je le détectais. Je le connaissais tout aussi bien. C'était l'araignée du rez-de-chaussée. Elle ne sortait que la nuit, Mme Escagnole, avec son chien pelé.

Tout le jour elle grattouillait dans sa caverne. Quand on me posait sur le seuil, côté ruelle, j'entendais son souffle court juste sur mes cheveux, derrière des volets qu'elle n'a jamais ouverts pour ne pas mélanger les poussières. Elle épiait par les lames mes jeux, mes mains, ma propreté, mes pensées, ma peur.

Quand j'étais au bout du jardin je la distinguais alors à travers le grillage noir de la moustiquaire. Je voyais au milieu de la façade un visage blême. Et lorsque les têtes de maman et la sienne se superposaient aux fenêtres, sans le savoir, celle d'en dessous était bien six fois plus énorme et livide et plus floue aussi par le petit recul malveillant qu'elle observait. Toujours repliée dans l'obscurité de son antre à vous fouiller le dos et les instincts.

Je l'avais croisée une ou deux fois sur le palier, glissant sourdement dans sa robe de chambre lie-de-vin, sous cette monstrueuse tête blafarde, les yeux noyés dans la graisse jaunâtre.

On savait que tous les soirs à dix heures elle sortait avec sa vieille chienne Zezette pour s'envoyer quelques liqueurs au *Terminus* et se taper la belote avec les trois derniers piliers de bar. Elle sortait quand tout le monde avait descendu les tinettes et les ordures sur le trottoir, filait à travers les cacas du jour avec sa bête en loques. Lentement elle gravissait la traverse sur la droite, ses jambes un peu écartées à cause des cuisses grasses et de toutes les bandes qu'elle enroulait autour depuis les pieds et qui la faisaient basculer d'une momie sur l'autre.

Elle trouvait encore moyen d'attendre la chienne, plus lamentable et répugnante qu'elle ; une chienne exténuée, sans âge, couverte de pelade et de croûtes, les yeux injectés de vieillesse et suppurant de sucre. Un tas de maladies qui rampait du paillasson à la sciure du bistrot.

Mme Escagnole a traîné son asthme et son diabète longtemps dans notre enfance, jamais on n'a pu voir sa turne. Une seule fois par l'entrebâil j'ai surpris un intérieur pareil au nôtre au-dessus, un poêle à charbon et un gaz à deux feux sous le manteau de la cheminée, mais tout ça bien plus noir de misère encore que chez nous. Elle a surpris mon regard : « Tu ne voudrais pas voir ce qu'il y a dans mon placard et compter mes culottes dis, vaurien ! Morpion ! » Son haleine m'est tombée sur la bouche avant que j'aie eu le temps de m'enfuir.

Elle bénéficiait dans son loyer du cabinet en planches, nous avions la jouissance du jardin ; nous lui devions le passage pour atteindre son baraquement. Il se dressait juste à côté du splendide bouquet de roses trémières : quelques planches qui jouent, une porte à moitié dégondée, écaillée de soleil et de pluie. Au milieu, pour s'asseoir, un comptoir percé d'une lunette qui donne sur le cône noir, roche odorante de tous les ragoûts et soupes stratifiés.

Il ne fallait pas l'approcher la fumante pyramide ! C'était son autre chez-soi, elle le surveillait derrière son grillage à mouches ; qu'on ne vienne pas souiller son reposoir et mélanger ses vents.

Elle devait aussi passer une grande portion de sa vie, l'oreille collée au plafond à suivre nos pieds et épier nos manigances, persuadée que nous complotions pour la mort de sa charogne et pourquoi pas la sienne. Elle fourrait son crâne sous la cape de sa cheminée par où les secrets descendent avec la suie et toutes les saletés intimes que l'on se dit dans les cuisines quand les gosses sont couchés.

On ne la voyait pas mais elle était là, parmi nous à participer à nos drames, nos gloires et à toutes les catastrophes d'une vie. On ne pouvait pas placer un sentiment sans l'obsession de ce parasite collé là-dessous et qui nous suçait l'âme par les talons. Les tommettes rouges du sol s'ouvraient comme autant d'yeux écarquillés.

Un soir alors que le printemps verdissait la cuisine de tous les reflets de l'acacia, nous terminions les boulettes parmentier de mon père, nous nous laissions bercer par les langueurs du vent et les effluves des jardins fraîchement retournés. Nous étions grands ouverts sur les champs.

Mon père était le seul à s'agiter : il allait à la fenêtre, se rasseyait, repartait devant le miroir de l'évier, se jetait un coup d'œil, revenait faire trois grimaces autour, tentait une bonne plaisanterie. Puis, sans qu'on ait eu le temps de rien voir, le voilà avec sa casquette en train de décamper par l'escalier. Un hurlement nous ébranla : « Où vas-tu comme ça ?... Tu crois que je n'ai pas surpris ton manège pendant tout le repas, à faire le singe devant les enfants pour m'amadouer... Dis, tu crois que je vais faire la bonniche longtemps alors que tu vas faire le coq devant tous les peignoirs du coin ?

— Ne crie pas si fort, je vais au cinéma, il y a un bon western.

— Ah ! Monsieur va au cinéma, Monsieur se sort ! Eh bien, j'arrive ! J'en ai juste pour un instant, il n'y a pas de raison que je me ronge le sang pendant que mon coco prend du plaisir. J'ai bien envie d'y aller moi aussi au cinéma ! Le temps d'enfiler mes mocassins...

— Elle est folle celle-là ! Tu as déjà vu des femmes le soir au cinéma ? Tu veux faire rire tout le monde ! »

Et le voilà qui claque la porte et disparaît. Il n'eut pas le temps de s'éclipser, il était encore là, ma mère s'était jetée sur lui : « C'est ce que nous allons voir ! Ah, je suis le couillon du quartier ! On rit de moi et toi avec, espèce de venin ! Fainéant ! Crapule ! »

La corrida se poursuivait, qui allait claquer, mugir et tout valdinguer une vie durant ; la leur, la mienne. Nous étions embarqués dans la pire violence que les hommes brandissent à travers les âges.

Il lui flanque une paire de gifles qui me résonnent encore dans le cerveau. Elle s'accroche à sa chemise, redouble de rage. Il tente de la décrocher, secoue, rebaffe, n'y parvient pas. Elle se crispe, muette maintenant, écarlate, la chemise lâche par lambeaux.

Les coups tombent dans tous les coins, il n'y a plus d'abri. J'entends les glapissements de douleur de ma mère, elle recule par saccades, glisse, s'effondre. Le miroir se décroche, explose partout.

Lui est aubergine, il lance un coup de pied tel qu'il part en l'air. Elle ne fait qu'un bond, saisit au hasard la flûte de pain à portée de sa main, lui assène sur le nez un coup à assommer un âne. Il pisse le sang. Un instant tout est suspendu…

Il se tâte, regarde sa main rougie, n'en croit rien. Il nous lorgne, cherche une réponse… Entre soudain en convulsions. Il est déjà sur elle, on n'entend plus qu'un long braillement de douleur. Il la piétine, la chiffonne, l'aplatit. Elle halète faiblement, éparpillée parmi les torchons et les éclats de vaisselle.

Mes lunettes ont voltigé depuis longtemps, la cuisine vogue, je ne vois plus rien. J'ai tout juste le temps d'apercevoir au fond du brouillard, seul objet vertical, la chaise haute de ma petite sœur et elle en haut, assise, tel un arbitre de tennis.

Plus tard j'en ai vu des violences très raffinées et atroces au cinéma, dans les journaux et surtout dans les rues ; des flingués qui s'éventrent en douceur, qui s'amputent à coups de hachoir, qui se jettent des ponts, éclatent dans la rocaille, rougissent les ravins, s'ouvrent tout le corps au rasoir. Je n'ai jamais rien vu d'aussi violent que ma mère par terre, en loques.

Même les crânes fracassés du bord des routes dans les tôles fumantes et les corps couchés sur le goudron qui pissotent du sang noir, par les oreilles et par la bouche, qui se voient partir lentement dans leurs habits du dimanche un bel après-midi d'été.

Brusquement nous sursautions. Des cris stridents éclataient dans le poêle. Nous nous regardions, nous l'avions oubliée. Elle était toujours là agrippée, elle avait tout suivi, exaltée, ravie dans les ténèbres de sa trappe.

Maintenant que tout se calmait elle en redemandait, gourmande, vicieuse, afin qu'on s'étripe un peu plus : « Ça n'est pas un peu fini, non ! Bande de cinglés ! Je vais appeler la police et tous vous faire enfermer à La Timone une fois pour toutes ! Chez les fous ! Sauvages ! Détraqués ! »

Elle en remettait afin qu'on continue, qu'on passe au deuxième acte, qu'on se tue pour de bon et qu'elle dise tout dehors : « Alors vous m'entendez ?... C'est pas fini la boucherie ! Je vais pouvoir dormir ? Je vais pouvoir enfin me reposer ?... Malades ! Vous m'entendez ?... »

Elle s'arrachait la gorge encore un moment : « Vous m'entendez fripouilles ? Vous m'entendez... »

Je m'en foutais qu'on nous enferme tous, c'est ma mère qui me tuait doucement, allongée de tout son long sous la table.

Comme c'était dimanche soir et que demain tout devait repartir dans les chantiers et les écoles, il fallut bien regagner la chambre. Avec Ange-Paul nous avons plié nos vêtements sur le dossier des chaises en épiant notre mère pour savoir si elle aurait encore la force de les ranger ou si elle allait tout laisser là, assiettes brisées, chemises sales, sans jamais plus nous regarder.

Nous avons tiré la petite sœur de sa chaise avec beaucoup de douceur en lui disant des choses gentilles, pas pour la rassurer, afin que notre mère voie bien de son coma que la vie redémarrait, qu'elle ne serait plus seule à faire tout le travail et qu'à l'avenir elle aurait bien le temps de sourire et d'aller au cinéma.

Comme elle ne réagissait pas j'ai crié à Ange-Paul : « Attention tu vas la faire tomber ! » en épiant les yeux de maman. Elle n'a pas remué. J'ai eu vraiment peur. On ne pouvait pas savoir jusqu'où elle nous avait déjà quittés.

Nous avons couché Catherine dans le petit lit rose qui avait été celui d'Ange-Paul puis le mien. Je suis revenu à la cuisine et j'ai dit : « Bonne nuit, maman… Tu devrais venir te coucher sinon la petite sœur ne dormira jamais. »

C'est depuis ce jour-là qu'il me revient sans cesse le visage de ma mère, quand je m'endors, quand je ne m'endors pas, quand je m'éveille brusquement : un visage d'yeux liquides qui me consume depuis la nuit des temps. Mourir ce n'est rien je pensais, c'est survivre à sa mère qu'il faut. Et là je butais chaque nuit sur l'abîme de cette pauvre chose, moi, perdu au milieu de la vie, seul désormais sous le marbre glacé de la lune, à travers les temps noirs et inquiets de la mémoire.

Le printemps installa malgré tout l'haleine des bourgeons, l'or des narcisses et la fraîcheur soudaine des nuages d'avril.

Dans notre impasse, avec les premiers beaux jours, je côtoyais le voisinage et d'abord, tout près, la vaste famille du 24, les Tartaillounet.

Le père Tartaillounet n'apparaissait qu'entre deux vagues, ramené à son port ivre d'épices et de femmes. Il retrouvait sa marmaille, plantait de toute sa hauteur dans des rafales de taloches un marmot de plus dans sa misère d'épouse, repartait voguer vers des soleils nubiles et des rêves d'alcool, laissant à quai, traîner dans le ruisseau, ses retombées de morve légitimes.

Je jouais avec Maurice, celui qui était né le même jour que moi, un galopin blond et bleu. Le plus bel enfant de la rue. J'avais l'impression de jouer avec la mer. Quand il venait vers moi le matin, j'entrais dans l'eau.

Les jeux valdinguèrent jusqu'aux cimes du ciel, aux limites du jour, dans les recoins de nos caves à charbon que nous constellions d'images héroïques. J'avais cinq ou six ans.

Alors je l'aperçus, haute comme une fleur, plus claire qu'un rosier. J'éclatai d'amour. C'était la petite Suzon.

En un clin d'œil je sus ce qui nous fait courir depuis le fond des âges. Je la regardai. Elle rit. Ah ! Suzon, j'avais la maladie !

Elle ne me quitta plus cette vision. Là-bas il y a la rose ensorcelante de juillet.

Après bien sûr on dit que les amours passent. C'est faux ! C'est sans cesse après Suzon que l'on court, on la revoit partout, on la recrée ailleurs, elle revient toujours, on ne l'atteint jamais. Voilà l'amour !

C'était la fille de l'électricien et bien plus belle que Maurice. Il y a toujours plus beau même dans sa ruelle.

À la maison le soir je ne touchais plus rien, les lourdeurs ne passaient plus. J'étais l'anémie d'amour.

À l'école dès qu'on prononçait un nom je revoyais Suzon : Néron, Apollon, Cromagnon, Suzon… Je la voyais partout, elle jouait dans le reflet des vitres, les nuages, l'auréole du tableau effacé avec l'éponge humide. J'étais hanté.

Elle était dans la classe en dessous, la petite maternelle. Je me hâtais dans les jours gris vers les jeudis et les dimanches, mes deux soleils de la semaine.

Vers neuf heures elle sautait dans les rayons de l'impasse. Je faisais semblant d'être là par hasard, son regard vert était semé d'or. Je ne dormais plus : « Attends, je finis ma partie de billes et je viens, Suzon », lançais-je.

Elle se détournait et je rampais vers elle.

Pour lui plaire nous avons organisé de vraies olympiades. Nous voulions rendre hommage à son mystère, être les serviteurs de la sorcellerie.

Le soir après l'école nous tracions des parcours avec obstacles, nous préparions en douce les pièges. Ensuite nous traînions tous les plus pâlichons de la rue pour être bien certains, Maurice et moi, de ne pas perdre la figure sur le poteau d'arrivée où trônait sa majesté Suzon. Si nous rencontrions un plus costaud que nous, nous lui disions : « Tes parents te cherchent ! Dépêche-toi sinon tu vas morfler ! » Quand nous étions convaincus d'être les plus fougueux de cette meute nous donnions le départ.

J'avais le cœur comme une contrebasse, tout au bout là-bas flottait la belle, c'est pour elle que sonnait le tournoi. Je me faisais un peu dans la culotte. J'étais cheval et chevalier. Je prenais le départ dans mon petit crottin.

Et tout ça s'ébranlait dans des craquements d'os et des coups de soulier. Il fallait ensuite faire confiance aux pièges.

J'avais tout prévu sauf que Maurice qui était le

plus beau était aussi le plus alerte. Il emportait le voile, la belle et l'amour, et moi je restais là haletant aux marches de l'école. Doucement la nuit m'escamotait.

Je venais tout juste de rencontrer Suzon qu'il fallait déjà que je l'oublie, nous n'étions pas tirés du même bloc de glaise. Alors, dès qu'un moment sans école m'aurait permis de l'entrevoir je filais avec mon frère un peu plus loin, chez nos grands-parents paternels. Je passais en courant devant chez elle pour ne pas être aspiré. À six ans on a déjà tout compris de l'amour, quand on n'est pas très beau on se résigne aux rêves, les vrais sublimes ce n'est jamais pour soi. Il faut apprendre à trouver beau le fade, à s'exclamer discrètement pour le modeste et l'inférieur. Alors on va au cinéma et on vieillit dans sa cuisine.

On sortait de l'impasse et on partait se tenant par la main pour ne pas tomber du trottoir sur les rails du tramway ; on allait ensuite par les prés vers la banlieue de la banlieue. On laissait sur la droite le chemin de Palama pour prendre un peu plus bas par la traverse des Mourets.

De loin nous parvenait la déchirante rumeur des porcheries. Plus on s'approchait, plus ces cris d'égorgés mettaient en lambeaux le grand calme des prés. J'avais très peur qu'ils ne s'évadent.

On longeait le mur communal hérissé de tessons, bien joli sous le soleil, ses éclats verts faisant au ciel une couronne. Un peu plus loin il y avait une brèche, un accroc dans le mur, on s'y enfilait ; c'étaient les dernières maisons de la banlieue. Tapis sous la chaleur et les parfums de roses ces ultimes pavillons semblaient toujours dormir.

C'est là que les parents de notre père étaient venus finir après bien des errances. Mon grand-père, plus calciné qu'une vieille Afrique, avait bourlingué depuis qu'il trottinait sur tous les voiliers. Elle était corse, goutte noire sous son chignon d'albâtre, les mains creusées dans l'olivier.

C'est de lui que nous venait ce nom bâtard de Brandoli. Il eût été bien incapable de dénicher une origine à la famille. Ce manque de racines l'avait rendu instable. Il ne pouvait pas débarquer deux fois l'an sans déménager toute sa descendance.

Ah ! je le connais leur périple autour de Marseille, vers tous les terminus des tramways, mon père nous l'a raconté chaque soir d'hiver et de mistral.

Le fuyard n'avait jamais voulu payer un seul loyer, alors il construisait ses cahutes avec tous les riens et déchets de toutes les décharges. Il avait commencé par acquérir quelques mètres de mauvaise gineste du côté d'Allauch, y avait planté quatre planches pour abriter ses marmots. Une fois tout ça plus ou moins casé sur les lits à étages, il attaquait le gros œuvre, deux pièces en briquettes et dessus les tuiles plates de Marseille. En trois mois on mettait du vert sur les volets et le voilà reparti pour le monde.

Là, sur les flots, il avait tout le temps de gamberger, il ne faisait même que ça. Six mois plus tard quand il débarquait : « Allez ouste ! C'est trop petit ici, on plie tout, on va ailleurs, je ne vais pas vous laisser là ! »

Et tout ça décampait sous les gros matelas et la poêle à châtaignes. Il vendait le cabanon et récidivait trois collines plus loin : lopin de genêts, cabane en planches, marmaille à l'abri, briques et ciment, bonsoir bonsoir, à moi la grande bleue !

Ils avaient traîné comme ça leur barda d'un environ à l'autre dans tous les recoins périphériques où les tramways vont jeter leurs derniers clients, là où la terre ne vaut plus une bouchée de pain, l'ultime gare où les pauvres déposent leurs paquets et regardent les carrés de poireaux qui mangent les masures et les petits lits de fer qui servent de portail quand les gosses sont partis.

C'est ainsi qu'ils avaient échoué là, sous la « barre des Étoiles » après vingt autres cabanons et mille autres détresses, dèches et dénuements. Ils regardèrent autour cette terre promise où s'étire un canal, posèrent leur voyage et contemplèrent le désastre...

La parcelle était plus lamentable que tout ce qu'ils avaient vu : une bande de terre large comme la main, un couloir de chardons et de ronces à travers les pavillons, juste sous les fils à haute tension. Tellement bas ces trois fils qu'on se courbait un peu pour éviter les décharges.

Le vieux loup s'était fait rouler comme un jeunot. « Un très beau site, quasi résidentiel, très très bien fréquenté, des gens de bureau ! Avec vue sur la mer si l'on monte à l'étage. » Et qui s'intitulait « Sole Mio ».

C'est là que nous venions avec Ange-Paul, quelquefois. Moi oublier Suzon, lui s'empiffrer de berlingots agglutinés dans une boîte de biscuits Brun. Comme il avait les yeux d'un bleu pareil à ceux de notre père, Mémé le gavait. Toute sa vieille mémoire remontait, elle le submergeait de sucre et de larmes : « Mon Titi, mon pauvre Titi, mon grand biquet, viens mon Titi voir ta maman, ta mémé, ta nini… »

Je n'avais pas les yeux bleus : j'allais voir chez le voisin s'il n'y avait pas quelques fraises à étouffer. Ça n'a l'air de rien la couleur des yeux, ça suffit pour vous faire à six ans prince ou maraudeur.

Une simple couleur et c'est tout qui rapplique, je ne faisais rien remonter, je n'avais pas les gènes propices au souvenir.

Il fallait penser à rentrer. On se reprenait la main et on se faufilait par la brèche du matin. De loin en loin des silhouettes venaient à notre rencontre, nous croisaient, petits paquets de gosses qui rentrent des cinémas, promeneurs du dimanche qui vont par deux s'aimer à l'abri du vent et des ragots.

Lorsque les ombres étaient infimes je croyais toujours y déceler Suzon, son petit pas flotté, le doux camée de son visage dans l'écrin des premiers étangs de brume. Je la voyais partout venir vers moi, voler dans mes bras qui tremblaient au désir de l'étreindre, de l'étouffer. Plus elle m'échappait, plus elle hantait mes visions et mes songes. N'importe quel cri d'enfant et j'entendais sa voix ; une fillette qui joue sur un chemin plus bas, c'était elle. J'étais partout aux aguets, même les ombres mouvantes du chien et loup la dessinaient, elle était dans le profil d'un mur, le reflet incendié d'une vitre au couchant, derrière les grilles d'un jardin. Le monde entier s'était coulé sur son visage, le monde n'était plus que Suzon. Et moi dans ce monde je n'étais rien.

Comme nous croisions aussi ces grands amoureux d'adultes usés par la vie et qui font encore semblant de s'aimer, je pensais que l'amour n'est qu'à l'enfance, à ces petits êtres fluides et parfumés, ces pépiements en robes courtes qui se dispersent dans les champs comme les fleurs de l'amandier au premier coup de vent. Mais ces grandes gigues, ces échalas éreintés jamais remis de leur semaine, que pouvaient-ils avoir comme accointance avec l'amour ? Ils déambulaient vers les restes du repas de midi, repus d'images héroïques, fripés dans leurs costumes par l'entassement des cinémas.

L'amour était donc réservé à l'enfance. Il fallait le saisir vite vite, après on devenait comme eux. Suzon ne se fanerait pas !

Et pourtant ces soirs-là, en y pensant, je me demandais s'il n'eût pas mieux valu qu'elle tourne comme tous ces adultes, qu'elle se flétrisse un peu, que je m'apaise de cette maladie. Que la beauté enfin ne vienne plus me tourmenter.

J'aurais voulu être un petit vieux que sa vieille bade. Cela me faisait encore plus horreur. Je ne savais plus du tout quoi penser de l'amour.

À quelque temps de là, un autre dimanche, nous venions de terminer le traditionnel pintadon petits pois, nous allions dévorer la crème au chocolat, pas très chocolatée ça constipe, délicieuse quand même. Nous en avions tous les dimanches et jours de fête. Nous étions contents, c'était l'été.

Ma mère me disait toujours d'aller au cabinet avant le dessert pour faire un peu de place, à l'en croire il n'y en avait jamais assez pour tout; chaque fois qu'on avalait la moindre broutille il fallait évacuer un peu. J'imaginais mes intestins comme le tramway lorsqu'il est bondé, si les gens ne descendent pas par l'avant, jamais ceux de derrière ne peuvent monter.

Là donc, au moment de faire monter la crème je me sentais un peu bourré. Avant même que cette sensation ne me vienne, ma mère me la suggéra. Elle avait envie que j'aille, une vraie envie qui l'empourprait, elle me regardait. J'eus envie.

Je n'ai pas eu à demander, déjà elle amenait le pot. Longtemps nous avons fait dans la cuisine, les trois enfants, c'était la seule pièce chauffée l'hiver. Ce fut le grand souci et drame de sa vie, que nos intestins fonctionnent, que l'on élimine régulièrement tous ces déchets qui pourrissent et se répandent dans le sang, empoisonnant tout sur leur passage.

Je me suis assis sur le petit pot rose et j'ai forcé. Maman m'aidait : « Vas-y, mon poulet, pousse fort… Allez encore plus fort… C'est bien, ne te presse pas, prends ton temps… Pense bien à ce que tu fais… Concentre-toi, mon Tounet, ne pense à rien d'autre, ça y est ? Ça vient ? Bravo !… Non ça ne vient pas ? Mais force mieux ! Ne nous regarde pas, on t'attend pour la crème ! Nous avons le temps… »

Les autres commençaient à me regarder drôlement, ça me déconcentrait.

« Alors, alors ça ne vient toujours pas ? Tu avais pourtant envie tout à l'heure ! Je l'ai vu, ne me le cache pas… Tu fais exprès pour me mettre en colère, tu veux que je me tourne les sangs ! Mais fais un effort bon dieu, pense à ta mère ! »

Elle se mit à piétiner le sol : « Je suis sûre qu'il se bourre de saletés dès qu'il est livré à lui-même, qu'il s'empiffre de cochonneries remplies de colorants à base de pétrole ! Dès qu'on le laisse traîner cinq minutes avec tous ces garnements, ils courent enrichir la Ramequin et se ruiner la santé ! Allons dis-le que tu t'es encore gavé de poison ! Avec tout le temps que je passe à éplucher ces légumes et à charrier des quatre coins de Marseille des cageots de pommes et de pruneaux, il trouve encore le moyen d'être constipé… Il ne mange pas, il avale, il engloutit, il engouffre, il ne prend même pas le temps de mâcher ! Ça ne fait que passer et ça ne ressort jamais ! Mais où le fourres-tu tout ça ? »

Ça s'apprête à tourner vraiment mal lorsque quelqu'un frappe. Silence... Et voilà que la porte de la cuisine s'ouvre et qu'apparaissent Maurice et Suzon : « On vient voir si Jean-René peut venir au cinéma avec nous ? »

Je m'en souviendrai toute ma vie et bien après. J'étais figé sur le pot au milieu de la cuisine, mes pantalons sur les chevilles. Abasourdie, Suzon me regardait. Elle n'avait jamais vu une chose pareille, un petit homme sur un vase, au milieu de sa famille.

Ils se regardaient tous les deux entre la gêne et l'envie de pouffer. J'étais atterré, cramoisi, paralysé de honte. J'aurais voulu n'avoir jamais existé. J'aurais pu prendre feu.

Comme il nous arrive dans les pires moments, mon instinct opéra. En un réflexe je me mis à gesticuler sur mon siège, à envoyer les jambes en l'air, à émettre des bruits équivoques comme si l'on m'avait surpris en train d'amuser la famille, de faire le pitre au dessert. Ce n'était pas sérieux ma position, je simulais l'enfant au pot. Mon visage se convulsa de grimaces. La honte cisaillait mes boyaux.

Plus personne ne saisissait mon personnage. Je ne savais comment me tirer du guêpier sans montrer mon fessier. Je tentais de glisser discrètement sous la table, de gagner du terrain, la forêt des jambes me barrait toute retraite. J'étais fait !

Alors, dans un ultime sursaut pour arracher l'éclat de rire, je forçai tant que je sentis sous moi la rumeur effroyable et les chaudes vapeurs ; une trombe s'échappa soudain. Je venais de remplir mon pot.

J'étais au bout de tout et bien mort cette fois, il n'y avait plus rien à tenter. Je sentais le petit nuage qui lentement nous enveloppait. Maman bondit vers moi, me décolla du récipient. Je ne résistais même plus, j'étais mort.

« Oh ! Comme c'est beau ! Voilà qui me fait plaisir ! Que je suis heureuse… Ah ! mon Tounet tu me combles… Viens vite que je t'essuie, tu vas aller au cinéma, tu le mérites bien. »

J'étais au bout de l'infamie.

Il fallut bien y aller au cinéma après ça, même la crème ne me disait plus rien. Je pris les 55 francs pour ma place et les suivis tel un cochon qu'on tire par les narines. Nous n'étions pas arrivés dans la rue qu'ils pouffaient. Ça ne m'atteignait plus, j'avais passé le cap.

Le Cinévog était une petite salle haute et maigre en face de la Ramequin, notre épicière, sur le trottoir sans magasins. Un cinéma pour les enfants avec des fauteuils en bois et des films comiques ; tous les grands allaient au Savo-Ciné sauf quelques accompagnateurs avec les tout-petits.

Sous le minuscule abri du hall il y avait deux panneaux : à gauche pour les programmes du jeudi, à droite ceux du dimanche. Les affiches se superposaient depuis des années. Toute cette colle et ces belles images de couleur finissaient par rétrécir encore le goulet de l'entrée.

Semaine après semaine nous venions rêver là,

devant la nouvelle affiche, et nous nous racontions le film de dimanche dernier et celui qu'on verrait jeudi grâce aux petits extraits engageants présentés après les actualités : « La semaine prochaine dans cette salle... »

Nous passions presque toutes nos heures libres à nous disputer pour savoir qui de nous serait le héros. À la fin nous n'avions même plus le temps de jouer. Pour l'héroïne ça ne posait pas de problèmes, il n'y avait que Suzon à nos yeux.

Ces affiches nous excitaient tant que nous les connaissions toutes par cœur, le moindre détail, le plus imperceptible rictus de l'acteur, toute la calligraphie. Sans les programmes je n'aurais jamais appris à lire.

Notre jeu préféré consistait à déchirer un soupçon plusieurs pelures et par cet accroc deviner le titre du film dévoilé. Apparaissait parfois un pied, un guidon, un lambeau de ciel, une couleur, le lobe d'une oreille. Repassaient dans nos têtes tous les jeudis et dimanches. Les tribulations de mémoire étant proportionnelles à l'épaisseur déchirée. Ça rameutait tous les éclats de rire et les émois enfouis sous les saisons et les millions d'images. Quand nous restions perplexes un moment, nous échancrions un peu plus la blessure des rêves, alors tout revenait. C'était la godasse de Charlot, la myopie de Darry Cowl. On s'exclamait ensemble.

Si l'école avait été au Cinévog, avec Maurice nous finissions au Panthéon, nous étions incollables. Deux encyclopédies de la chimère. Tout ce que je sais, je l'ai appris les jeudis et dimanches, le reste de la semaine je potassais mes rêveries. J'aurais voulu m'endormir dans la nuit du Cinévog.

Juste avant la séance les banquettes de bois claquaient avec des hurlements d'Indiens et des coups de sagaie, le parterre était jonché de cadavres en short et de gluants papiers de pivolos. Des détonations partaient de tous les coins. Une vraie boucherie l'entracte, on vous tuait deux cents fois. Le silence revenait avec l'obscurité et la sonnette ; la salle n'était plus qu'un bourdonnement d'impatience et de plaisir, on allait s'envoler...

Le patron du cinéma s'avançait dans l'allée centrale, une longue perche à la main pour clore les lucarnes, là-haut près du plafond. Nous nous taisions pour ne pas le contrarier, sinon il ne passait pas le film. Il était bien plus efficace que tous les maîtres, lui seul avait du répondant, lui seul donnait du plaisir. Un dieu, ce petit gros ; nous aurions fait ce qu'il voulait. Nous serions montés le long des murs jusqu'au plafond pour l'aider à fermer ses fenestrons, n'importe quoi pour qu'il nous passe son film. Je n'ai jamais connu plus fort magicien.

Un jour que nous étions assis tous les trois, Suzon au milieu, j'avais un œil sur l'écran, l'autre sur la tache claire de son petit corps près de moi. Il y avait toujours quelque chose qui tombait des genoux de Suzon ou de Maurice, une pièce de monnaie, un caramel... Je les distinguais à peine. Ils se baissaient, farfouillaient sous le banc, se redressaient. Quelques instants plus tard, ça retombait, alors ils replongeaient dans la nuit des banquettes, tâtonnaient les ombres. Ils perdaient tout ce jour-là ma parole ! Dès que le film s'obscurcissait, jetant sur la salle une grande pénombre, ils repiquaient entre les pieds dans la nappe de nuit.

Soudain je compris. Ils le faisaient exprès, ils en profitaient pour se toucher les mollets et se mordiller les oreilles, peut-être même qu'ils s'embrassaient sur la bouche en mettant la langue. Ils faisaient comme sur l'écran à la fin de chaque film.

Avec son regard bleu il ressemblait à tous les premiers rôles. J'étais le troisième, celui qu'on voit dans tous les films, qui aide le héros à enlever la belle sans jamais en profiter. Celui qui fait rire la poupée, qui fait exploser tout le monde tant il est niais.

Celui-là c'était moi ! Le troisième larron. Qu'aurais-je pu être d'autre ? C'était la seule place vacante de l'inséparable trio de toutes les aventures de la terre : le beau, la belle et le benêt.

Nous étions tous à table un soir, depuis un bon moment à attendre notre père, nous commencions à nous inquiéter. L'accident s'installait doucement sur la chaise vide. Nous ne parlions plus, nous écoutions au loin râler les ambulances. La plainte des corps déchiquetés entre la ville et la banlieue, qu'on emporte en trombe vers l'hôtel-Dieu.

Cela faisait bien deux ou trois mois qu'il partait tous les matins chercher du travail. Presque chaque jour il nous racontait un film qu'il avait vu il y a longtemps, aussi vivant que s'il venait de le voir. Maman avait des doutes, le soir après qu'il était couché, elle retournait toutes ses poches et ourlets à l'affût d'un ticket de cinéma. Il était plus roué qu'un singe qui sait toutes les grimaces par cœur.

Et voilà que dans le couloir en bas on l'entend ranger sa mobylette. Il escalade quatre à quatre l'escalier, surgit pourpre sans sa casquette. Nous sommes tous debout. Il ouvre la bouche. Rien. Il articule… Rien. Il se met à mimer un homme qui rame, qui rame fort et vite et qui voudrait s'échapper dirait-on. Il nous fait signe avec la main : parti ! parti !

« Qui ? »

Il enfonce sa casquette, se voûte, rentre ses joues, arque ses jambes, se vieillit, il rame toujours.

On se regarde… Il est tombé sur la tête ; il refuse le casque en mobylette. Ange-Paul pouffe, Catherine éclate en sanglots, je me fais du souci. Ça va être pire à présent.

« Pépé ! crie-t-il enfin. Parti ! Mon père, Pépé !… Il a quitté Sole Mio… Acheté une barque… Il n'est pas rentré depuis huit jours ! »

Il aspire un ou deux litres directement au robinet, reprend : « Ma mère est restée seule, il l'a quittée, il lui a dit qu'il était commandant, il a acheté une grosse barcasse avec ses économies. Il paraît qu'on l'a vu hier dans le Vieux-Port.

— Il faudrait peut-être aller voir, essayer de le faire accoster, a dit ma mère.

— Oui, oui ! Demain il n'y a pas école ! » avons-nous crié.

Même Catherine riait maintenant, elle sentait que du plaisir passait par la cuisine. Ça tombait mal, le lendemain était un vendredi. On ne pouvait tout de même pas attendre le dimanche, il serait trop loin de la côte. Nous avons réfléchi. Avec Ange-Paul nous disions : « On fait rien le vendredi en classe, c'est le jour de la gym et du dessin ! Le maître toussait aujourd'hui, il va être malade, demain, on va nous renvoyer à la maison. »

Finalement nous avons décidé d'y aller tous. Même notre mère taillerait le travail. Ah ! s'il avait pu partir tous les deux jours le vieux, quel printemps !

Tout de même, je méditais un peu sur la fin du mois et les scandales du porte-monnaie plat. C'est bizarre que le plaisir ne soit jamais radieux d'un bloc, sans l'obscurcissement du doute. J'avais l'angoisse du salaire rogné par cet accroc de bonheur. Je ne savais plus si l'on devait s'embarquer sur l'esquif de Pépé, et Dieu sait si j'étais cafardeux à la seule pensée de l'école. Surtout le vendredi où il y avait lecture et dictée, mes deux boulets rouges.

Dès l'aube nous avons rempli les sacoches de pique-nique, mon père a fait le plein avec son propre mélange. Seule Maman prendrait le tramway pour les économies de tickets. Nous sommes partis. Nous devions nous retrouver sur le Vieux-Port quelque part entre la Samaritaine et la mairie.

Papa nous a tous casés sur le vélomoteur vert bouteille, au plus juste. Ange-Paul sur le porte-bagages, Catherine sur le cache entre les pédales, coincée par ses jambes, et moi sur son dos vu que je n'étais pas très lourd et que je m'agrippais féroce.

On a calé plusieurs fois avant de démarrer. Il fallait que tout le monde descende, mettre sur béquille, pédaler, accélérer, remettre sur roues, garder l'accélération. Chacun regagnait son poste. Quand tout était en équilibre ça recalait, on redémontait toute la pyramide...

Enfin nous nous sommes ébranlés ; avec la pente nous avons pris de la vitesse. Le soleil se levait sur la barre des Étoiles, la mer devait déjà clapoter tous ses argents, il faisait vif et très doux, par places.

Nous avons pris les traverses, les vicinales oubliées de tous. C'était interdit de chaler toute la famille. Nous avons contourné Saint-Mître et Saint-Jérôme par toutes les capillarités du cadastre. Nous nous sommes faufilés par les prés jusqu'aux Chartreux.

Les matinaux n'en croyaient pas leurs yeux au passage de cette grappe arc-boutée sur le deux-temps. Plus nous roulions sur les pavés, plus les saccades et soubresauts nous tassaient. J'avais progressivement décroché et j'écrasais Ange-Paul sur les sacoches. À chaque cahot je l'enfonçais un peu plus dans le garde-boue. Notre père s'était doucement plié vers le guidon sous mon poids, il avait les yeux dans l'échancrure, les mains plus hautes que sa casquette. Il filait enfoui dans sa monture.

Quand nous avons attaqué le centre-ville nous étions tous plus bas que le guidon, concentrés sur les parties basses du cadre, entre les roues et la denture noire du pédalier. Je me demandais dans quel pignon Catherine avait bien pu se recroqueviller.

Nous avons encore fait se retourner sur nous une avenue aussi large que notre quartier et qui me faisait peur. Alors brusquement un miroir géant de soleil nous a tous aveuglés. Nous avons glissé par terre, éblouis. Nous avions failli plonger dans le Vieux-Port. Nous étions arrivés.

C'était un bassin de lumière tremblée ; des myriades de mâts fins comme des cheveux s'y balançaient calmement dans l'air bleu du matin. On aurait dit la place des Héros à la Saint-Jean, au bal de cinq heures ; cette foule de danseurs basculait lentement d'une coque vers l'autre au rythme d'une rengaine à deux temps, celle de la houle et d'un vertige qui nous vient de la perpétuité.

C'était beau ! Mais beau ! J'aurais voulu pleurer. Nous sommes allés tout au bord du miroir. Jamais on ne pourrait retrouver Pépé dans tous ces éclats de liquide mica. Notre père nous a dit de le suivre, il s'est mis à fouiller les pontons qui laissent voir l'eau sombre dessous entre les planches. Nous marchions sur les vagues ; en file indienne nous nous tenions la main, même ces frêles ponts tanguaient. Tout mollissait, la moindre matière fondait là. Nous visions bien le milieu pour poser le pied, nous progressions par patelles, planche à planche. Ils n'avaient même pas mis de rambardes, les fous ! Si l'un de nous glissait il entraînait toute la chaîne au fond du bouillon noir. Nous étions les aveugles encordés du ponton.

Maman nous a aperçus longeant ces abîmes, elle

nous faisait de grands signes au bout d'une passerelle, nous nous sommes précipités prudemment sur l'étroit corridor aux garde-fous de brise.

Nous avons tous repéré Pépé en même temps, enfoncé dans sa baignoire, sous nous. Tout cramé de soleil et de vent. Du plus loin Papa a crié : « Tiens, le péquenot de la mer ! »

De sa gondole le vieux n'a pas daigné un regard, il faisait celui qui rangeote sa barque, il tapotait les embruns, époussetait la houle. Nous avons tous sauté à bord, même Catherine est venue s'écraser dans les cordages.

« Eh bien quoi ! Eh bien quoi ! hoquetait-il sous sa visière bleue, à chaque abordage.

— Eh bien quoi ! On est venus un peu tâter ta périssoire. Voir si on a toujours le pied marin.

— Et il n'y a plus d'école pour les nistons ?

— Ce n'est pas tous les jours qu'on peut se payer une croisière, alors qu'est-ce que tu fous ? Tu le sors ton canot ou il ne tient pas la mer ? On ne va pas jouer toute la journée dans le bassin ?

— Quoi, tu veux que je quitte mon mouillage ? » Son œil s'allumait. « Tu veux me voir naviguer ?... Attends un peu les clients, tu vas voir s'il s'élance mon rafiot !

— Les clients ?

— Ceux du château d'If pardi ! »

Voilà comment il était. En huit jours il s'était taillé une place au soleil dans la horde des requins qui font visiter les Calanques et le château d'If, un milieu pire en coups bas que la tribu des poissonniers.

Une bien jolie barquette en tout cas, ceinte de rouge, de jaune, de vert, par filets; un mât blanc et des pneus qui protègent la coque des rudoiements du quai; une bâche flambant neuve tendue au-dessus pour apaiser les midis qui croulent sur le liquide en feu. Depuis, quand une vapeur de peinture et d'essence se coule dans le vent je revois le Vieux-Port, palette tachetée des tons charmants d'une flottille.

Il vivait là à présent, dans un minuscule cockpit sous la proue, un berceau avec réchaud et couchette. Une envie de partir vers d'autres alizés dans l'odeur du goudron et du chanvre au soleil.

Voici comment le renard pratiquait: il avait acheté tous les tomes du *Comte de Monte-Cristo* chez un bouquiniste du cours Julien, les premiers livres de sa vie. Chaque soir, coincé dans sa soupente, il mettait en scène pour le lendemain. Là, sur le quai à vingt pas de son ancre, il était tout à la fois Edmond Dantès, l'abbé Faria, les geôliers, la frissonnante forteresse et le sac à la mer. Les Belges, les Américains et les Japonais faisaient meute autour du baladin. Certains revenaient les jours suivants et chaque fois ils se laissaient rembarquer pour le château feuilleton. Tout le monde crevait de rire. Quand il mimait la scène du prisonnier envoyé à la mer du haut de la tour dans le sac, il agrippait le Japonais le plus atrophié de la colonie, le traînait vers le quai; celui-ci s'accrochait à tous les badauds, terrorisé par ce vibrion de Marseillais prêt à tout. Pépé le suspendait sur le vide, l'agitait en signe de propulsion. L'Asiatique était muré dans sa panique, surtout après qu'on lui avait dit que le Vieux-Port n'était qu'un tas de merde, l'égout de la ville habité par des bandes de rats géants et carnivores.

Les armoires yankees exultaient. Enfin le Japonais était relâché sur du ferme, il trottinait souriant et obséquieux vers ses congénères. Tout le monde embarquait derrière le cabot par politesse, effroi ou fou rire. Il faisait le plein chaque fois.

Ce jour-là il nous dissimula sous les bancs, derrière les cordages, nous les trois gosses. Il mijotait son coup…

Une fois en mer il demanda aux touristes :

« Combien nous sommes à bord ? »

Ils se comptèrent… Avec mes parents ça faisait 27. Joyeux ils annoncèrent :

« 27 ! »

D'en dessous nous entendîmes la voix tumultueuse du vieux :

« C'est faux ! »

Les internationaux se recomptèrent…

« 27 », avancèrent-ils plus timidement.

L'autre poursuivait son jeu :

« C'est faux ! beugla-t-il. Comptez bien cette fois ou on chavire ! »

Plus personne n'osa se prononcer, la moitié au moins ne savait pas nager. Le vieux loup extirpa alors du chanvre Ange-Paul : sourires radieux autour.

« Combien nous sommes ? »

Tout le monde en chœur :

« 28 !

— Non ! » brailla-t-il.

Le cercle baissa la tête. La main tannée de Pépé s'insinua dans les jambes des dames et me tira en plein vent. Toutes les bouches ravies :

« 29 !

— Non ! Non ! Et non ! »

Tous se regardèrent, affolés. On venait de gagner la haute mer, on avait dépassé les forts Saint-Jean et Saint-Nicolas, les vagues battaient la coquille, on sautait dans les embruns sur d'insondables fonds.

Le renard fouilla encore sous les bancs et projeta dans le soleil le flamboiement de la queue de cheval de Catherine.

Le chœur rasséréné, ému, touché, lança :

« 31 ! »

Ils pensaient faire plaisir au vieux, le calmer en faisant de l'esprit, que ça allait continuer longtemps.

« Non ! C'est toujours faux ! Cette fois j'en ai marre ! »

Il escalada son cockpit, en équilibre sur les creux ; les mains dans le ciel, il hurla :

« Comptez bien ou on sombre ! Ne vous moquez pas de la Bonne Mère ! Encore un faux pas et c'est l'abîme ! Plus rien ! »

Il savait son pouvoir. Tous jetaient des regards évaluateurs vers la côte, tous regrettaient de s'être embarqués à la légère avec le fou du golfe. Le rafiot bondissait, la barre valdinguait d'un roulis à l'autre, des sanglots commençaient à fuser.

Soudain le rocher apparut, monstre lacustre,

avec sa forteresse au carrefour des vents. Le château d'If !

Ce fut la ruée vers le débarcadère, certains auraient aimé passer vingt ans sur ce caillou.

C'est par ces manigances qu'il avait taillé son prestige dans le port et à l'étranger, en faisant rire jusqu'à l'épouvante.

Avec mon frère nous avons fouillé l'obscure citadelle, l'intestin des douves et des donjons. Nous avions changé d'émotion. Nous avons lancé des pavés par les créneaux et les meurtrières, rampé avec d'autres morveux par le trou de l'évasion entre les cachots. Nous sommes redescendus vers la barque où les bouteilles se balançaient au frais entre deux roches. De là on n'entendait plus rien, elles sont si sourdes ces murailles, et si sourd le fracas de la mer

Le vieux était là, seul, il profitait du calme pour envoyer ses hameçons. Il avait une heure ou deux pour ramener sa soupe à bord et la petite friture : les hirondelles de mer ruisselantes de pourpre, la rascasse à tête enflée de vieille folle et la daurade aussi douce et rose qu'un coucher de soleil sur les îles.

C'était l'heure de rentrer. Par petits groupes les passagers descendaient vers nous, encore vacillants de peur, leurs ombres étirées jusqu'au bord de l'eau tout en bas des rochers.

Il faisait bon. On repartait dans un petit vent variable de force 3 à 4, sur une mer peu agitée à agitée. La ville venait vers nous, le vieux ne disait rien.

Il fallut se dépêcher, les premières lumières

piquetaient l'eau du port, le ciel était mauve. Nous reprîmes le vélomoteur les uns sur les autres, notre mère se hâta dare-dare vers le tramway pour réchauffer la soupe afin qu'on ne se couche pas trop tard. Là-bas tout au fond des pontons, dans la foule des mâts, Pépé nous faisait un signe et s'en allait osciller sur son dernier plan d'eau.

La vraie méchanceté, c'est vers cet âge qu'elle s'est abattue sur moi dans une cour d'école, sous les piliers noirs du préau. Avec des mots d'abord, quelques sourires et des ricanements. Je venais d'être admis avec un peu de retard à la communale, dans la classe de M. Gentil.

J'étais assis au fond d'un grand bureau, mes lunettes à ressorts sur le nez, dans la division des petits. M. Gentil avait trois divisions, il tirait presque toute l'école à lui seul vers le certificat d'études ; au dernier moment il comprimait la horde dans la classe de M. Bombardier, le directeur, qui fignolait les candidats pour entrer dans la vie.

De ce bureau j'entendis bruire la férocité. J'étais le seul à porter des lunettes avec M. Gentil, mais lui ne les chaussait que pour repérer tout au fond de l'antre la petite fiente qui refait le cri éploré du dindon.

Je sentis là tout le poids de l'ancienneté et le cynisme dédaigneux que celui-ci confère ; comme lorsqu'on débarque au régiment un soir d'octobre,

« un petit con de crevure bleu-bite qui va en chier c'est sûr quand la nuit tombe ».

La division des grands et celle des moyens s'esclaffèrent en me voyant entrer. Il paraît que j'en avais « un qui jouait au billard et l'autre qui se contentait de compter les points »... « Qu'il y en avait un qui n'arrêtait pas de dire merde à l'autre »... « que je passerais ma vie à me faire des crocs-en-jambe tellement mes chemins se croisaient ».

Ce n'étaient pas des chenapans de l'impasse, je ne les connaissais que de loin. La rumeur enfla dans l'école, par les larges corridors et dans l'ombre des cours, autour des platanes et jusqu'aux cabinets où l'on va secouer côte à côte toutes ses cruautés dans les vapeurs piquantes qui montent.

Je devins brusquement « Quatre-œils ». Comme j'étais un peu voûté on trouva que j'étais bien mal fichu. À force de m'appeler « Quatre-œils » et « Malfichu », on me surnomma « Malbichu ». À partir de ce jour j'avançai dans la vie avec ce sobriquet de Malbichu. Je m'y attachai comme à mes yeux. Nous subîmes tout ensemble, nous nous vengeâmes bien !

Discrètement je me redressais, m'entraînais à rentrer mes ailes de pigeon. Pour mon regard l'affaire était plus compliquée, j'avais beau forcer sur le nerf il y avait toujours des chevauchements d'axes, des catastrophes ferroviaires au sommet de mon nez. Jamais je n'accédais au beau parallélisme ; je vivais dans le petit triangle de ma vision. L'horizon fut un angle mort.

Je pris une grande décision : je serais comme tout le monde ! Et j'enterrai mes lunettes sous le tas de charbon de notre cave.

Les chuchotements se turent. J'étais assis avec les autres dans ma rangée, mais moi j'étais assis dans une grande obscurité. Il n'y avait que des formes autour et là-bas, à gauche, les belles fenêtres lumineuses emplies de ciel et de cris d'oiseaux. Nous étions côté porte et couloir, dans la partie tombeau de la classe. Le jour à nos pieds se traînait. Que j'aurais voulu être dans la grande division, mes yeux baignés dans ce lac de soleil. Il m'en faudrait des années pour parvenir à la surface.

Je faisais semblant de lire avec les autres mais je ne voyais rien. Quand M. Gentil disait : « Ouvrez votre histoire page 67 », je lorgnais vite sur Gus, mon voisin, pour entrevoir l'image de la page 67, heureusement qu'il y avait ces images !

Je me penchais et traquais l'illustration à l'épaisseur des feuillets tournés par Gus. Il me dévisageait bizarrement.

« Soixante-sept, Brandoli, soixante-sept ! Tu sais compter quand même ! » mugissait M. Gentil.

Là je ne voyais plus rien, affolement général de tous mes sens et membres. Gus me tournait deux pages :

« Tu vois pas que c'est là, Malbichu ! »

Je ne déchiffrais même pas le titre en caractères gras. L'Histoire n'était qu'un puits aveugle creusé sur le néant et j'avançais dans cet égarement des siècles et du savoir. Mon sang battait ma tête.

On me considérait avec dédain, j'étais l'attardé,

le demeuré, d'une moue amusée on m'oubliait. Tout prouvait mon attardement ; ne voyant pas les lignes violettes de mon cahier j'écrivais au petit malheur dans la marge et partout. Je vadrouillais parfois jusque sur le bureau, ça crissait, je faisais marche arrière.

« Tu veux nous faire virer ? marmonnait Gus.

— On peut pas rigoler ? »

Je remplis ainsi des cahiers entiers de partitions durant cette ténébreuse enfance. Les lettres détachées les unes des autres divaguaient au hasard des interlignes.

Les petits pâtés étaient aux notes blanches les noires. J'étais le musicien de la nuit.

M. Gentil au loin poursuivait sa valse grise dans la flaque du tableau noir, je me faufilais jusqu'au soir dans ce cube flou, pagayant à travers les écueils. Je simulais quelquefois la somnolence mais j'étais là le plus présent de tous. Il fallait que je guette chaque piège capable de me démasquer : je vivais avec la hantise d'être confondu.

C'est beau qu'il faut naître et rusé et même un peu méchant, alors on n'a jamais personne perché sur ses souliers, on étale les jambes en travers des chemins.

Notre maître m'impressionnait surtout par sa longueur, il était infini, sa blouse grise jusqu'aux pieds et son béret qu'il ne quittait jamais pour tenir sa perruque. Un chauve ! Personne n'avait jamais vérifié.

Quand il frôlait les rangs pendant les dictées et le dessin ma chair le sentait venir, elle se piquetait de grumeaux. Parfois il se campait derrière, je faisais celui absorbé par l'œuvre qui ne voit rien ; je sentais son haleine me caresser la nuque, moite et sédentaire ; mes cheveux se dressaient, ma peau se hérissait de sensualité et de dégoût.

« Eh bien, Brandoli, c'est la carte de France que l'on dessine, pas une feuille morte ! Suis le livre bon Dieu ! N'invente pas ton pays ! »

Je sursautais. Tu parles ! je savais toujours au millimètre près où il vaquait. Les angoisses folles c'est le mardi et le vendredi qu'elles m'assaillaient, ces jours-là, l'après-midi c'était lecture. J'en étais constipé deux jours avant.

Quand on rentrait en classe à deux heures pour le supplice, mes yeux montaient se cacher sous le front.

« Asseyez-vous ! »

On s'asseyait. Chacun sortait son livre. Je tentais de me faire le plus petit des petits. J'y parvenais. Insensiblement je me coulais jusqu'à la ceinture de Gus. Il se penchait pour me voir, me demandait si je n'étais pas passé sur le trottoir au soleil en venant. Et j'entendais s'ouvrir les hostilités, on commençait à lire...

En général les grands donnaient le ton côté fenêtre et lentement, à tour de rôle, ça remontait le rang pour revenir devant dans la rangée des moyens. Là je claquais littéralement des dents, ça s'approchait de nous. Je froissais les pages en même temps que Gus, je ne voyais même plus le pupitre, tout entrait dans le noir.

Si encore j'avais été sous les fenêtres à la belle

saison avec un rayon qui tombe en plein sur mon livre, j'aurais peut-être pu deviner quelques mots, et encore ! Ils avaient tous tant d'acuité ces minots qu'au printemps ils tiraient les grands rideaux verts, plus épais que des matelas. Nous entrions brusquement dans le dernier caveau au fond du cimetière. Je les haïssais !

C'est un long souvenir d'angoisse et de ténèbres qui me parvient de tout ce temps.

Ils m'ont tant pétri le ventre ces après-midi à attendre mon nom pour lire que je ne peux plus faire une queue. Quand je suis dans une salle d'attente pour une visite médicale et que l'on va m'appeler, la fièvre monte, je suis incapable de feuilleter un magazine ; de même dans les files anonymes des épiceries ou au cinéma avant de prendre mon billet, à l'instant où mon tour arrive, même après une heure de queue, je bafouille, suffoque, quitte la file et m'enfuis. Et ça venait à moi, pardi ! Même couché sous les pieds des petits à me tordre les jambes.

« Brandoli à toi ! »

L'univers explosait.

« J'ai dit Brandoli à toi !

— Heu... »

Je ne retrouvais même plus le livre.

« Brandoli, ne m'oblige pas à me lever !

— Heueueu...

— Brandoli, lis ou je te renvoie de l'école immédiatement !

— Brandoli viens ici avec ton livre devant tout le monde... Et lis ou je t'assomme ! »

Je ne bougeais plus, je m'enroulais, je râlais. Alors l'épais battoir de M. Gentil m'agrippait les souliers. Il me traînait dehors à travers les bureaux, les cartables et les rires.

« Graine de fumiste ! Petite vermine débile ! Que je ne te revoie plus jusqu'à nouvel ordre ! »

Je recevais mes affaires sur la tête avec les derniers éclats et la porte. J'étais dehors, seul dans les grands corridors. Là je commençais à être bien, le scandale était derrière moi. Je n'étais plus dans la file d'attente. On aurait pu me condamner à mort, je m'en foutais ! J'étais extrait du cycle inexorable : « Ça va venir à toi. »

J'entendais encore les sarcasmes derrière la cloison et la voix de Gus lire mon passage dans la paix qui lentement refroidissait mes tempes.

Un peu plus loin, juste après l'escalier, c'était la classe de M. Bombardier. Il pouvait surgir d'un moment à l'autre. J'allais sur les pointes sonder les dangers, à travers la porte de cet autre sépulcre sa voix grave me parvenait. Il était occupé à parler… Petit répit.

L'idée de vengeance montait. Les habits des élèves étaient accrochés contre le mur avec les sacs de toile où les mères déposent les goûters pour la récré de quatre heures. Je m'ensevelissais sous les manteaux et de là, un par un, je décrochais ces petits sacs. Je fouillais, palpais les délices à travers les emballages.

En général la page de journal annonce toujours un sandwich camembert ; quand le papier s'affine dans son grain, que l'on sent la blancheur, une certaine qualité de famille, il faut s'attendre à la confiture maison. Là je m'émoustillais, du sucre ! J'ingurgitais d'un coup ces vieux étés au caramel.

Je replongeais aussi sec dans un autre. Lorsque l'enveloppe moire un peu sous les doigts, que ça devient soyeux, on peut espérer chocolat-beurre, un sommet ! Je suçais la tartine et repliais la croûte dans la soie. Ils en faisaient des yeux bêtes les minots à quatre heures.

Cela devint une manie chez moi, un vice de compensation. Mes sorties brutales dans le couloir s'accélérèrent, je me mis à sucer ces gâteries des mères, j'engraissais entre deux portemanteaux. C'était tant d'économisé pour la maison. J'étais un cancre un peu rentable et je me rendais compte que bien mal acquis profite toujours un peu.

Ah ! que j'étais heureux ces mardis soir, après l'odieuse lecture, de rentrer chez nous pour la divine soirée.

Le mardi en effet c'était fête à la maison, nous écoutions tous jusque très tard la plus angoissante émission du poste : « Les maîtres du mystère. » Ils vous campaient des personnages aussi forts qu'au cinéma. Nous restions des heures la cuillère en l'air, c'est dire s'ils étaient palpitants. Nous étions guillerets, nous nous impatientions sous le poste en attendant huit heures et demie, tout le monde était gracieux.

La cuisine était un bloc de plaisir attentif. Nous

ne nous sommes jamais disputés le mardi soir, pas une seule gifle. Table de velours. Notre jour de messe ; et nous la voulions la plus noire possible pour l'incomparable frisson.

C'était encore plus exaltant que le dimanche matin quand on se prépare et que l'on écoute en boutonnant la chemise bleu lavande les disques à la demande : « De la part de Jeanine pour Léon, au 150e régiment d'infanterie à Verdun, Meuse. »

Il y en eut des mardis soir et des dimanches, encore et encore... C'est si long l'enfance ! C'est comme plusieurs vies mises bout à bout qui vont se perdre là-bas au bord de la mémoire, quelques lampes qui vacillent dans la nuit au coin d'une impasse. De l'enfance on n'en voit jamais le bout, quand on y arrive c'est trop tard. Reste le lourd fredon de la mélancolie.

Un dimanche après-midi mon père venait de partir pour les boules, Ange-Paul et Catherine à Sole Mio chez nos grands-parents, j'étais avec Maman dans le soleil de la cuisine, il faisait bon. Nous écoutions chanter les prés, elle souriait. La journée s'attardait sur la table encore mise, nous n'attendions rien.

« Tu devrais aller jouer, me dit-elle avec beaucoup de douceur. Tiens tu vas aller au cinéma des grands, je te donne l'argent.

— Au Savo-Ciné ?

— Ça te ferait plaisir ? »

Si ça me faisait plaisir ! Depuis que j'en rêvais... Seul dans un cinéma devant un film pour adultes.

« Tu viens avec moi ?

— Et la vaisselle, gros malin ? Allez ouste ! dépêche-toi, tu vas manquer le documentaire. »

Elle attrape son vieux porte-monnaie, celui de toutes nos dèches, et y puise cent francs, juste le compte en petites pièces de cuivre, le prix de l'orchestre. Le balcon coûtait cent vingt francs, c'était pour les amoureux.

Je la sentis douce et gentille en descendant l'escalier, elle me donnait tant de plaisir que j'en eus une peine immense. La laisser seule jusqu'au soir dans le soleil triste des dimanches après-midi...

Je longeai notre impasse le cœur serré. C'est rare ces émotions, quelqu'un qui vous donne tant de bonheur sans rien demander en échange, en restant là, dans une cuisine, et qui a travaillé toute la semaine jusqu'à minuit pour vous payer le cinéma.

Je regardais dans ma main les cinq piécettes, je les tenais si précieusement que l'une d'elles m'échappa. Je la vis filer comme une roue sur le trottoir en pente, elle courait vers la grille d'égout. J'étais paralysé. Elle disparut dans le trou.

Je vis tout à la fois : le cinéma, ma mère, cet argent dans l'égout, cet argent qu'elle n'oserait même pas me refuser si je revenais. « Ça ne fait rien, tiens, cours vite avant la séance. » Voilà ce que je voyais sur ce trottoir pendant que les dernières familles se hâtaient vers le Savo-Ciné.

Je bifurquai par le chemin des Mourets et partis dans la direction des collines sur une route qui n'allait pas vers le plaisir. Je restai là jusqu'au soir, au milieu des pins, à regarder cette banlieue plus bas où ma mère attendait que je rentre heureux du cinéma.

L'année suivante je me retrouvai sur le même banc, encore avec les petits. Je redoublais ma rangée. M. Gentil n'avait pas voulu que je saute chez les moyens, Gus avait fait le bond. Il faut dire que j'avais perdu beaucoup plus de temps dans le couloir que dans la classe. J'étais toujours aussi loin de la belle lumière des vitres où l'été s'en allait lentement au-delà des cours.

J'avais près de moi une espèce d'hurluberlu couvert de toutes les odeurs de la rentrée : celle du cartable en cuir neuf, de la blouse impeccable, du plumier bourré d'engins étranges, batterie de gommes, herses de compas, règles criblées de chiffres, Caran d'Ache débordant de trois trousses et tout l'arsenal des Sergent-Major. Et le relent si angoissant de l'encre !

Je m'aperçus vite que je me trompais sur le compte de ce petit Raymond, mon nouveau voisin. Il m'était apparu repoussant comme un fayot de communale qui sait tout avant tous et s'empresse de prêter au maître ses instruments qui rutilent. Un à qui on a envie de donner des coups de bâton sur la tête à la sortie pour qu'il se tienne tranquille, pas toujours le doigt en l'air à prouver notre ignorance.

Futé et vicieux était ce Raymond-là. Quand il ne déchirait pas les ailes des mouches afin qu'elles tournent en rond, il se tripotait le quiqui sous le bureau. Son jeu préféré consistait à se le tirer le plus fort possible comme un élastique et à le lâcher brusquement avec un bruit de langue : « Chhhlac ! » Il faisait ça toute la journée. Il me disait : « C'est pour l'allonger, j'en veux une très très longue pour faire peur à ma sœur ! »

Un drôle de coco décidément ; il m'intriguait de plus en plus. Il prit la manie de tremper sa quiquette dans l'encrier « pour faire encore plus peur à ma sœur ». Longue et bleue il la voulait ! Alors le bruit courut dans la classe et tout le monde le surnomma « Quiquette-Bleue ».

Il me raconta un soir à l'étude que mon père rentrait dans ma mère : « Il met son tuyau dans l'anneau de ta mère », me montra-t-il, faisant le geste avec les doigts. Je ne le crus pas, je trouvais qu'il devenait vraiment dégoûtant. Fallait-il qu'il ait l'imagination tordue.

Toute la classe finit par se fasciner pour ses folies. Il organisa alors un concours : celui qui aurait la plus longue. Dès la rentrée du lendemain nous devions nous mesurer. Il établit une liste ; les petits érudits des premiers bancs n'y figuraient pas, bien entendu.

Ce matin-là on peut dire qu'il y eut des complots dans la classe. Nous ne nous étions jamais tant servis du double décimètre, ça coulissait dans tous les bureaux avec des chuintements d'étoffe et de rires. Nous suivions le circuit de la liste où chacun inscrivait, face à son nom, son honorable capacité. Quiquette-Bleue devait clore et analyser les longueurs.

Quand mon tour vint je scrutai la liste pour voir un peu les résultats. Je fus très étonné, à mesure que la feuille avançait on en trouvait de plus en plus longues. Était-ce possible que le maître nous ait placés dans cet ordre impeccable ? Des plus courtes aux plus longues !

Et les plus importantes tournaient autour de 32-33 centimètres ! Comment les rangeaient-ils dans les pantalons courts ? Elles auraient dû pendre entre les genoux et battre les mollets en courant.

Je reniflai la tricherie. Quiquette-Bleue avait pourtant spécifié en haut de la page : « Il ai interdi de se le tiré pour faire plus lon. Il faut mesuré quand il ai mort. »

J'avais déjà la vue la plus courte... comme le dernier nom était Bouscarle et qu'il mesurait 33, j'inscrivis 37 en face de Malbichu. Ils allaient en tirer des mines après ça ! J'allais être drôlement respecté avec mon cordon qui traînerait derrière moi comme une queue de lézard si je le déroulais.

Quiquette-Bleue ne l'entendit pas de cette oreille. Il devint brusquement furieux. Il gueula : « Vous les avez pas si longues, c'est pas possible ! »

M. Gentil fit un bond. Se rasseyant Raymond bafouilla :

« Pas si longues quand même...

— Comment ? vociféra M. Gentil.

— Heu... Les guerres de cent ans, m'sieu, pas si longues non ?

— Garde tes réflexions pour toi ! Ça alors, se

mettre dans des états pareils ! Ah ! Vous en connaîtrez bien une de guerre vous aussi, et pas trop tard, avec les garnements qu'on nous fabrique ! »

Malin, Quiquette-Bleue ! Et cultivé avec ça, malgré tout le temps passé dans le vice.

Quand tout se calma je dus obtempérer, il parlait de me disqualifier. Très vite il y eut désaccord, il me disait : « Sors-la complètement plutôt que d'enfiler la règle dans le pantalon. »

Il attendait, son quiqui dans la main, le massant un peu comme les entraîneurs afin que le poulain ait bonne figure. Il lui appliquait de légères claques sur les joues, d'infimes tapotis sur le torse... Lui prodiguait mille conseils.

Il me sembla entendre un profond silence autour, comme si tout le monde s'était glissé dehors sur la pointe des pieds. Même M. Gentil ne professait plus. Un grand calme agréable.

Je jetai tout de même un coup d'œil pour contempler l'exquise sérénité. Et Schplaff ! ! ! Je pris une décharge électrique en pleine poire. Je mis un moment à tout recomposer tant j'étais sonné : mon banc, la règle, mon sexe, et devant la monstrueuse colonne grise de M. Gentil. Il nous avait surpris !

Ah ! si vous ne savez pas ce que le mot Scandale veut dire ! Nous n'eûmes pas le temps de ranger les outils... Arrachés tels fétus de nos bancs par les muscles des oreilles nous fûmes ! Nous volions.

« Petits vicieux ! Corrompus ! je vais vous dresser, moi ! Ah ! on apprend l'Histoire en se tripotant ! Pendant que je vieillis à vous enseigner la France vous vous dépravez ! Tas de cochons ! »

Les gifles claquent, les baffes nous arrivent dessus comme grêle d'avril... Quiquette-Blême reçoit une telle tarte qu'il s'en va valdinguer sous le tableau. Je me dépêche de le suivre pour me réfugier sous le bureau du maître. Une griffe m'extirpe de l'abri.

« Et tu veux m'échapper, crapule ! Petite frappe ! Déchéance ! Goret ! Je vais te redresser moi, dénaturé ! »

Il me traîne devant tous, secoue... Mon oreille flambe, quitte ma tête...

« Aïeaïeaïeaïeaïe !

— Comment, tu oses crier ? Tu oses de plaindre ? Immondice ! Infection ! Tu veux faire croire que tu as mal, gibier de guillotine ? Puant ! »

Les taloches me culbutent à six cents à l'heure. Je subis encore trois va-et-vient et une châtaigne de poids lourd que personne n'a vue partir. Je me retrouve assis sur le carreau de la classe, ahuri... les jambes raides. Ça ne l'a pas calmé, il beugle comme si c'était lui l'écorché.

« Tu vas demander pardon, dis, saligaud ? Tu vas la regretter ta débauche ? »

Et vlan ! C'est à coups de pied qu'il réclame pardon à présent. Il m'en envoie un d'une telle puissance que je me mets à tourner à toute allure sur mes fesses comme autour d'un axe. Tout défile : le tableau, les élèves, la fenêtre, la carte du pays, encore le monstre gris. Je passe si vite devant lui que mes jambes le fauchent. Je n'ai pas le temps de comprendre qu'il est là devant moi, assis sur le sol. Nous nous regardons comme si nous allions jouer aux billes. Je l'ai fait tomber de tout là-haut, sa bouche est grande ouverte... Croit-il que je l'ai fait exprès ?

Brusquement une immense rumeur s'élève. J'aperçois des faces hilares, les élèves se tordent dans les bureaux. Soudain je saisis, j'ai le choc ! Je vois l'énorme crâne luisant de M. Gentil constellé de gouttelettes et par terre une chevelure dans un béret. Il n'a vraiment plus un poil. Il regarde, se palpe le crâne... C'est lisse ! Il comprend qu'il est démasqué, écoute la rumeur qui enfle... Il ne ressemble plus à rien !

La terreur me saisit. Il faut s'attendre à tout avec un chauve humilié.

Il tâtonne autour de lui, saisit sa chevelure, fonce à quatre pattes vers Quiquette-Bleue, s'en empare par le pied, me cueille au passage et nous voilà partis dans les corridors du plus fou des asiles. Il n'invective plus, il râle, il délire, il bave.

Il fait pile devant la porte de M. Bombardier. La classe est sans maître et pourtant silencieuse, on sent ici l'habitude de l'épouvante, du dressage quotidien. Un gosse se lève, prudent, nous annonce que M. le Directeur est dans son bureau. J'ai juste le temps d'entrevoir l'ébahissement d'Ange-Paul.

On repart sans refermer la porte. On file au désastre. M. Bombardier... L'horreur ! Il y a même des élèves qui redoublent deux fois chez M. Gentil pour éviter le despote. Il va nous crucifier.

Nous parvenons devant l'antre du tyran ; il allait remonter, on le dérange. Ah ! qu'avons-nous fait de naître ?

« Monsieur le Directeur, bredouille l'autre dingue, voici les pires dénaturés, les plus grands déréglés que ma carrière m'inflige de subir ! C'est écœurant, monsieur, je n'ose... L'acte est innommable ! Vous avez devant vous deux rats de bagne !

— Venons-en au fait, monsieur Gentil, je n'ai pas de temps à perdre !

— Eh bien, monsieur, ils se... monsieur le Directeur... Ils se tripotent pendant que je m'évertue à leur enseigner ce que fut... Ils se touchent pour tout dire, monsieur le Directeur, voilà ! Et comble de diabolisme, parce que je les découvre celui-ci se rue sur moi, me fait un croc-en-jambe et me ridiculise devant toute la classe. Je réclame, monsieur le Directeur, la plus haute sentence ! »

Silence de mort...

« Très bien, vous pouvez regagner votre classe, monsieur Gentil. »

Nous voilà seuls avec le vrai furieux.

« Dites donc, graine d'odieux, vous allez nous faire perdre encore beaucoup de temps avec vos têtes abjectes ? Vous allez pourrir encore longtemps notre école laïque, dites ? C'est pour votre engeance que les honnêtes gens paient chaque mois ? Que l'on nous impose ? C'est pour ce déchet ! »

La cinglade repart de plus belle. Il se sert de l'un pour estourbir l'autre.

Là Raymond s'effondre, il passe à table, renie tout. Il râle entre deux sanglots des bribes repentantes : « Je le ferai plus, m'sieur... J'ai rien fait... Ne le dites pas à mon père, je ferai plus jamais rien ! C'est pas moi… Je vous jure… je ferai plus que travailler…

— Tu le regrettes vraiment ? Tu reconnais ta faute ?

— Voui, m'sieur, je reconnais tout, c'est pas moi, je regrette tout, je… Pas mon père… Une image je serai…

— Va dans ce coin et n'en bouge pas d'un pouce !

— Voui, m'sieur, je bouge plus !

— Et toi alors ? Pas la moindre larme de remords ? Mais tu es plus froid que la lame du poignard ! Tu es le démon ! Tu vas te repentir, dis, ou je t'assomme ! »

Ce malade me charge à nouveau. Il hurle. Veut-il m'estropier ? Si au moins je pouvais pleurer comme Quiquette-Bleue. Rien ne sort, je ne suis que haine et rage. Quand je serai grand je le couperai en tranches.

Tout à coup la sirène retentit. C'est la fin de la matinée. Il s'interrompt.

« Toi fous le camp, tu auras de mes nouvelles ! dit-il à Raymond. Quant à toi, je te harcèlerai ! Le satanisme je l'écrase dans l'œuf, après c'est trop tard ! »

Il me ramasse par l'oreille et me traîne à travers le préau jusqu'à la cantine en me tenant loin de lui pour éviter de se souiller. Il me plante en plein milieu du réfectoire, les mains derrière la nuque. Tout le monde commence à entrer et s'asseoir le long des tables, le grand brouhaha habituel s'éteint brusquement à la vue du directeur. Tous nous fixent.

M. Bombardier attend que toutes les tables soient complètes, il n'a pas à réclamer le silence, il y est. Je me souviens d'une seule phrase : « Vous avez devant vous le plus vicieux de l'école. Regardez-le bien et tâchez de ne jamais lui ressembler, c'est l'image vivante de la dépravation. »

Dans un silence de caveau il quitte la cantine. Les chuchotements enflent comme s'accroît le ronflement d'un avion qui vient vous bombarder la nuit.

Alors, tout au fond de ces mille pupilles braquées sur moi, j'aperçois sa bouche ouverte tordue de souffrance et son regard. Mon frère. Il n'a pas eu le temps d'enlever son manteau de laine, il a un pansement à la main gauche.

Nous nous regardons un moment dans l'énorme silence que forme la rumeur quand elle a trop enflé. Il n'y a plus que cette souffrance que je sens là-bas à l'autre bout de la cantine.

Brusquement je veux le monde en pièces et les hommes en bouillie !

Je me mets à tout briser avec la volonté aveugle de ne rien épargner. Les tables, les bancs, les plats volent, les verres explosent dans les murs, les couteaux lancent des éclats à travers le plafond, les plats sont des soucoupes qui se fracassent n'importe où. Toute cette petite racaille tente de fuir par la porte trop étroite. Tout dégouline de soupe, des mottes de purée pendent sur les murs. Je fonce sur ce qui fait mine de tenir encore debout, j'éclate les carafes dans les vitres.

Je suis couvert de vomi, de rage, je glisse dans la

bave. Je crois apercevoir Bombardier qui s'encadre dans la porte du réfectoire. Ah! il faut que je le broie celui-là! Charognure!

L'école résonne jusqu'aux combles.

Alors j'ouvre le squelette d'une fenêtre et je saute dans le soleil qui apaise et qui ne juge pas.

Je dus errer de longues heures, brusquement le soir me saisit sur le chemin de la Parade qui descend rôder autour des premières maisons.

Plus bas Château-Gombert était déjà ramassé dans son bassin de brume, comme endormi si tôt sous un édredon bleu. Il n'y avait encore que la fragile dentelle municipale des lampes de la rue, les premiers crissements d'herbe montaient vers la nuit.

J'avais honte de rentrer après cette histoire si répugnante pour mon âge.

J'atteignis enfin mon impasse. On ne peut échapper aux lumières du soir, à ce regroupement de toutes les familles qui montent des labeurs pour se chauffer dans les banlieues.

Du plus loin qu'il me vit, mon père courut entouré de grands gestes. Il m'attendait sur le seuil depuis deux grosses heures.

«Ah! tu n'en rateras pas une, toi! Il ne manquait plus que ça! Ta mère est dans tous ses états... M. Bombardier est venu en personne à la maison, il paraît qu'il y a plus de cent mille francs de dégâts, une catastrophe! En plus il te renvoie de l'école, il a fait un rapport détaillé à l'inspecteur d'académie, tu es rayé de toutes les listes, inutile d'aller frapper ailleurs. »

Régnait dans notre couloir un silence redoutable. Il chuchota en gravissant les marches derrière moi :

« Surtout ne dis rien, ta mère est à bout, elle va craquer. Ah ! c'était pas le moment, elle va nous faire une crise nerveuse. Mais tu ne le sais pas, bon Dieu, que c'est une grande malade, ta mère ! Tu ne vois pas la tête qu'elle a ! »

Nous nous sommes retrouvés ensemble dans le mutisme des désastres. Il y avait sur la table des pièces à conviction : mon manteau bleu nuit et mon cartable qu'Ange-Paul avait dû rapporter. Nous étions atterrés.

Ma mère regardait le vide entre ses pieds, Ange-Paul n'avait pas encore refermé sa bouche, ses yeux demeuraient chavirés.

Mon père ne tint pas le coup, il bredouilla :

« Bon, il faudrait quand même préparer quelque chose pour souper, on ne va pas se coucher comme ça… »

Elle ne fit qu'un bond, son menton tremblait. Nous comprîmes tous que ça démarrait. Dans le fond nous étions soulagés.

« Ah ! parce que Monsieur veut manger ! Monsieur a faim ! Et qu'est-ce que Monsieur a fait de sa journée pour que nous puissions souper ce soir ? Qu'est-ce que Monsieur a bien pu déposer dans le garde-manger qu'il aurait gagné à la sueur de ses doigts ?… Rien ! Rien et encore rien ! Eh bien moi non plus je n'ai rien rapporté ! Et je n'apporterai plus jamais rien ! Puisque chacun fait ce qu'il veut ici, nous allons voir si je suis vraiment plus bête que vous autres ! Ah ! je me sacrifie pour ce tas de couleuvres, pauvre imbécile que je suis ! Mais c'est qu'il n'y a plus de limites au dévouement pour des crapules pareilles ! Ils vous sucent les veines jusqu'au tombeau ! Vous voulez m'enterrer vivante !

— Calme-toi, Lili, ne te mets pas dans des états pareils, on dirait une folle...

— Oh ! le salaud ! Canaille ! Une folle ! Vous avez entendu, il m'a traitée de folle ! Mais c'est lui qui m'a rendue folle ! C'est toi qui me feras enfermer à l'asile pour toucher une pension et te la couler douce le reste de tes jours ! Depuis que tu m'as connue, tu manigances, tu m'embobines, tu fais le joli cœur ! Et qui est-ce qui a laissé sa peau, hein ? Pendant que ce fainéant rôde avec tous les débauchés du quartier ! Ah ! il est beau ce quartier de désœuvrés ! Ah ! il est joli l'exemple pour les gosses ! Des dépravés, voilà ce que vous êtes ! Des dépravés et des vicieux !

— Oh dis, parle pour toi !... Elle est jobarde celle-là !

— Quoi ? Jobarde ? Jobarde ? Répète un peu, tiens ? Ose le répéter que je suis jobarde ? C'est moi qui l'ai dans la peau le vice ? C'est moi qui le porte dans mon sang et qui le communique aux gosses, dis ? C'est de ma faute si cet enfant n'a qu'une perspective dans la vie, le bagne et l'échafaud ! »

Au seul mot d'échafaud elle s'effara. Elle dut me voir basculant sur la planche vers le panier d'osier.

« Mais réponds donc, corrompu ! Ose le dire qui est-ce que j'ai ramassé clochard dans ce quartier pourri ? Ce lieu de perdition ! Ah ! je n'aurais jamais dû rester une seconde dans ce bourbier ! Je vais y mettre le feu à ce bar *Terminus*, ce repaire d'ordures ! Un an ! Un an que tu ne travailles pas ! Un an qu'ils viennent tous les jours t'embrigader pour la chasse, les boules et le reste ! Tu n'es pas un père, tu n'es rien du tout ! Un traîne-ruisseaux ! Une chiffe ! Voilà ce que c'est votre père, rien dans le ventre ! Juste bon à m'envoyer trimer jusqu'à la fosse ! Maquereau ! Va te faire nourrir par ta mère ! File à Sole Mio ! Allez ouste ! Va voir tes anciennes femmes, toutes les putains du *Terminus*, ce ramassis de véreuses ! Vas-y donc, pantin ! Elles sont encore en robe de chambre à cette heure, elles le trouvent dans le ruisseau leur argent ! Allez, va te faire entretenir par la Tambon, la femme de ce pauvre docteur ! Ah ! tu m'as échaudée ? Tu verdis ? Bien ! Qui se sent morveux se mouche ! Ce n'est pas chez M. Tartaillounet que des choses pareilles se passeraient. Tout le monde file doux ! Et pourtant il n'est jamais là, lui, il navigue pour nourrir sa smala ! Seulement c'est un homme lui, voilà !

— Dis, maintenant tu nous fatigues, les voisins n'ont pas à savoir comment on se chauffe ici... »

Il lui envoie une claque... Râles, cris, pleurs. Ça repartait, quoi. Catherine bramait, ma mère hurlait, moi je fonçais dans le tas comme d'habitude.

Soudain notre mère se dégage, court dans la chambre, revient en un éclair avec une valise ouverte pleine d'affaires qui débordent, traverse en courant le vestibule, ouvre la fenêtre de la salle à manger et balance tout dans l'impasse en glapissant : « Va-t'en tout de suite, assassin, ou je saute ! Va te faire laver ton linge par toutes les bazarettes qui m'écoutent ! »

Nous essayons de la retenir mais elle nous échappe. Elle s'engouffre hurlante dans l'escalier, aussitôt elle est sur le seuil, plus échevelée que jamais. Nous bondissons derrière. En bas sur le palier nous croisons l'Escagnole dans son peignoir lie-de-vin. Simule-t-elle l'affolement ?

« Partez par là, mes petits, vite, elle est allée se jeter dans le puits de la Montésane ! J'en suis sûre cette fois, je ne l'ai jamais vue dans un état pareil ! Vite, monsieur Brandoli, elle est peut-être déjà morte ! »

Nous traversons comme des fous le paquet de voisins tirés dehors par le scandale, nous fonçons vers ce puits dans un désert d'horreur.

« Maman ! Maman ! » Des lampes arrivent, nous fouillons l'abîme. L'œil d'eau est calme. Elle n'a pas pu couler si vite.

Mme Escagnole qui nous a suivis jusqu'à ce trou râle : « Elle a sans doute couru plus loin jusqu'au canal, elle dit toujours qu'elle s'y jettera ! »

Ah ! sorcière ! C'est la voix des ténèbres qui prononce la mort et la crée, qui pousse les mères à s'achever tant sont immondes ces créatures du mal et de la nuit.

Nous nous dispersons à travers champs sans réfléchir, sans nous voir, sous les faisceaux déchaînés des torches au hasard de ce cauchemar qui mène droit au grand siphon où l'eau s'engouffre en bouillonnant.

Je trébuche dans les mottes, j'appelle en courant, en m'écroulant, celle qui n'est peut-être qu'au bord du gouffre encore. « Maman ! Maman ! »

Depuis qu'on m'a sevré dans les Alpes, c'est la deuxième fois que ma mère ne répond pas. Cette fois, c'est à cause de mes mauvais instincts qu'elle a disparu à jamais. Je viens de tuer ma mère, celle pour qui je serais mort si l'on pouvait choisir. Je l'imagine épouvantée, dans les eaux noires, hurlant toute sa douceur, son inépuisable douceur de s'être laissé dépecer chaque jour un peu plus par notre meute affamée d'égoïsme. Dans ma panique je la revois, timide, progressant à travers les souffrances infinies. Consentante, inclinée, devenir faible et folle sous nos coups monstrueux et puis faire le saut.

Une torche est venue buter sur moi.

« Viens, Malbichu, on a retrouvé ta mère dans le pré de Gorlier, viens, elle est sauvée ! »

J'ai suivi cette voix dans ces champs où la folie jetait un voile d'irréalité. Elle ne serait plus jamais la même si d'une nuit pareille elle réchappait. Partout des appels, des ombres, des épées de lumière creusant le ciel. Tout un peuple groupé.

Ma mère assise dans la boue, ils l'ont soulevée délicatement et nous sommes repartis. Je serrais sa jupe.

Arrivés chez nous à l'étage, ils nous ont aidés à nous coucher ; ils nous ont servi des bols de boisson chaude. Les bruits se sont éteints sur le palier.

C'était une journée qui comptait pour des siècles. Nous n'avons pas éteint la lampe de chevet, nous avions bien trop peur que la nuit nous reprenne. Nous avons entendu Mme Escagnole marmonner dans l'escalier :

« Il aurait mieux valu qu'elle y reste, la pauvre femme, pour la vie qu'elle mène... »

Nous avons attendu le jour.

Des jours suivants je garde un souvenir blanc ; ma mère assise dans un champ de neige. Nous l'avions adossée à un gros édredon, bien calée par des talus de traversins. Elle restait dans son lit, face à l'hiver qui prenait mollement le jardin. Moi aussi je restais là toute la journée puisqu'on ne m'acceptait plus à l'école. Notre père a repris des tramways pour trouver du travail.

Elle ne disait rien. Elle demeurait jusqu'au soir noyée dans les étangs d'une vague songerie, son regard perdu au-delà du jardin.

Les premiers temps M. Tambon, le docteur, était venu la voir le matin. Depuis nous lui donnions un traitement trois fois par jour. Je m'en occupais à midi avec le repas que je réchauffais pour nous deux. Je m'installais sur la chaise en paille verte de la chambre qui servait d'ordinaire à suspendre les vêtements et nous mangions comme à l'hôtel lorsqu'on dépose sur votre lit le plateau fumant de bonnes choses. Elle n'avait pas l'air de comprendre ce qui se passait, elle avalait sans interrompre le cours brumeux de son indéfinissable rêverie.

Croyait-elle vraiment que nous étions à l'hôtel, avec le calme moelleux des moquettes où l'on perçoit à peine les repas qui s'approchent et viennent frôler de leur fumet les portes claires ?

J'évitais de scruter son rêve comme s'il était tout à fait naturel qu'on restât là des journées entières à butiner sur le lit et à vaguer, à vivre dans une grasse matinée ou dans un infini dimanche.

De temps en temps j'allais à la fenêtre regarder l'hiver immobile sous la pluie, les lilas jaunis contre le mur et de loin en loin la tache écarlate d'un cerisier mourant au milieu d'une vigne ; trempé de larmes de sang, son feuillage mélancoliquement s'égoutte. Parfois le pépiement d'une tête noire au fond de l'acacia et le grand silence des labours qui s'endorment. Toujours plus de givre aux carreaux et les mains pâles de Maman sur notre bel édredon de plumes.

Je revenais m'asseoir près d'elle dans le coton de ces après-midi qui bleuissent lentement la campagne, y allument quelques feux de sarments et vous bercent.

C'est le martèlement d'Ange-Paul escaladant quatre à quatre les marches de notre étage qui me tirait de là. Des portes claquaient, une chaise croulait sous le cartable, il bondissait dans la chambre, rougi par l'hiver. Son visage s'éteignait brusquement, comme si la réalité lui revenait d'un bloc du fond de cette alcôve où la nuit depuis longtemps nous avait enveloppés. Il tâtonnait vers la petite poire de la lampe et la lumière faisait surgir en lui un drame oublié, un vieux jouet sur lequel on bute.

Notre mère était effleurée d'un sourire, ce sourire qui l'habitait depuis la nuit des larmes et vivait en elle, telle une intuition d'au-delà…

Puis Catherine glissait sur les tommettes et venait se hisser au bord du lit. Nous restions tous les trois très graves dans le silence à attendre on ne savait quelle effroyable révélation… J'avais alors l'impression que de cet abattement notre mère nous voyait plus réels que jamais.

Papa remontait de la ville, grave lui aussi, soucieux du foyer qui partait voguer dans ce sourire. Il avait même l'air d'en chercher pour de bon du travail cette fois, il ne nous racontait plus de films pendant les repas.

Un soir, revenu plus tôt que d'habitude, il se mit à fouiller en bas dans notre cave, il démonta les édifices de vieux cartons entassés par ma grand-mère quand elle avait quitté l'impasse. Un amoncellement de tissus et de livres, de toiles d'araignée endeuillées par la poussière de charbon.

Il remonta emmailloté de ces suaires noirs, il portait deux énormes volumes recouverts de cuir : *Nos amies les plantes de A jusqu'à Z.*

Le soir même nous entreprîmes nos propres traitements, nous n'avions plus du tout confiance en la médecine moderne, il fallait revenir aux bons vieux procédés.

Nous avons commencé par la transporter dans la cuisine, bien au chaud devant le poêle ronflant ; nous avons fait chauffer des bassines d'eau, y avons jeté des poignées de gros sel. Délicatement nous avons trempé les pieds de notre mère. Elle n'a pas réagi. Alors petit à petit nous avons rajouté de l'eau bouillante pour voir jusqu'où irait son insensibilité, les pieds sont devenus très foncés mais elle flottait toujours dans son mirage.

« Bon Dieu, c'est ça ! C'est son sang qui ne circule plus ! Comme si elle avait fait un refroidissement. Ça vient du sang », a déclaré notre père.

Il a trifouillé le parchemin vers la page du sang.

« Héma... Hémi... Hémo... Voilà j'y suis ! Euh... Maladies du sang... Anémie, glycémie, euh... Troubles circulatoires, congestion, embolie... Ah ! embolie, voilà... Caillot, thrombose... Thrombose c'est ça ! Elle doit avoir une embolie, un caillot dans la tête qui lui bloque la raison ! »

Nous nous sommes remis à la masser, la frotter, la malaxer et faire bouillir de l'eau et encore de l'eau afin que de ses pieds le sang la fasse repartir au plus vite. Nous étions pris d'un énorme enthousiasme pour la méthode des anciens.

Tard dans la soirée nous l'avons recouchée comme une poupée molle. Nous nous y mettions à quatre pour l'emporter dans son écrin afin qu'elle ne nous refasse pas un second chaud et froid. La chambre sous la nuit d'hiver soufflait un air glacial.

Le lendemain mon père est arrivé le premier, il s'est jeté aussitôt sur les gros dictionnaires, il semblait au bord de la révélation. Il marmonnait pour lui des bribes de médecine, des propos étranges d'engorgements, d'enflures, d'obstructions et de durcissements d'une matière bizarre qui aurait tout détraqué en se solidifiant.

« Le sang bien sûr, mais l'intestin aussi ! Tout est bloqué ! Tout est ciment, les selles et le sang ! Ah, j'y vois clair ! Tu vas m'aider à transporter ta mère, cette fois on tient le bon bout ! »

Nous l'avons ramenée dans la cuisine, nous l'avons couchée par terre derrière la table sur la couverture de mon lit pliée en deux. Pendant que nous remettions de l'eau sur le poêle il a filé dehors avec une liste qu'il avait confectionnée à l'aide des livres. Il reparut un bon moment après chargé de petits sachets blancs qu'il avait dû acheter chez le père Broussi, le pharmacien du bout de l'impasse.

Il a sorti de l'armoire notre poire à lavements et nous avons préparé les décoctions. Il y avait sur chaque sachet un nom inscrit à l'encre violette. Nous avons touillé dans le bouillon de la bourdaine, de la guimauve, des fleurs de pêcher, du pourpier, un peu de rhubarbe et du grand liseron.

Nous avons installé notre mère sur le côté droit et lui avons envoyé massivement toute la poire. Elle n'a pas bougé. Nous avons longtemps attendu...

Perplexe, Papa a attrapé ses bouquins, chiffonnaillé toutes les pages, repris des notes, est en un clin d'œil parti et revenu avec de nouveaux herbages et un immense bock à lavements, cinq fois plus vaste que la poire.

Nous nous sommes de nouveau affairés dans nos tisanes, nous y avons ajouté de bonnes doses de cuscute cette fois, de la chélidoine et de la douce-amère, un peu de thé de Saint-Germain et il a dit que si ça ne suffisait pas nous rajouterions le lendemain du ricin à concentration renforcée avec un ondoiement des tempes à l'eau de la reine de Hongrie.

Elle a absorbé trois ou quatre litres de la potion sauvage. Nous avions ouvert en grand le robinet pour envoyer toute la pression. Elle n'est pas sortie pour autant de son infinie lassitude, elle s'était vraiment claquemurée.

Les premières douleurs sont apparues dans la nuit. Nous pensions dormir depuis longtemps quand nous avons perçu les faibles gémissements. Nous nous sommes assis dans les lits, nous avons rallumé : l'édredon tressautait telle une palpitation de plumes. De petits geignements étouffés sortaient d'en dessous, les herbes voraces la travaillaient au corps. Nous n'avons fait ni une ni deux, nous l'avons transportée au milieu de ses plumes jusque sur les cabinets ; nous l'avons laissée seule, assise sur ses tiraillements, pour ne pas la gêner. Nous observions tous par l'entrebâil de la porte.

Elle hoquetait des « Aïe » et des « Ouille »... Elle reprenait un peu figure humaine. Elle avait l'air d'avoir bien mal mais elle revenait vers la vie, sans un vrai mot, par la porte étroite et obscure de la douleur. Nous étions ravis.

Elle a rosi d'effort et de honte mêlés. C'était bon signe. Nous sommes restés comme ça toute la nuit et aux premières lueurs nous avons entendu claquer le grand drap du vent. Tout brusquement a pris feu dans la fenêtre. Le soleil revenait lui aussi après les matins tristes.

Durant trois jours le mistral ébouriffa le jardin; l'acacia craquait, lançait ses bras démesurés dans un ciel fou d'azur; les feuillages de l'automne flambaient dans l'incendie que ces grands soirs allument. Tout en bas Marseille se jetait dans le feu de la mer, les îles du Frioul étaient avalées par les laves.

Un matin nous nous sommes réveillés sous un ciel immobile; le jardin se chauffait au soleil entre ses murs frileux, la maison était vide.

Nous avons bu un grand bol de café au lait, ma mère et moi, et nous sommes descendus nous tiédir au jardin. Les oiseaux avaient fait comme nous, ils piaillaient de plaisir blottis dans les coins chauds.

Je l'ai installée contre la façade, son cache-nez autour du cou, un journal sur la tête. Je me suis mis au travail afin qu'elle voie que la vie continuait chez nous et que j'étais utile à la maison.

Je coupais les herbes brûlées par l'hiver comme le faisait Papi lorsqu'il débarquait de Corse, je contournais prudemment les rosiers sauvages et les roses trémières, je nettoyais le pied des lilas puis je faisais des meules minuscules de foin; je binais ensuite le tour du prunier ou de l'abricotier. Quand tout était impeccable j'allumais des feux dans l'air calme du matin, les fumées se tressaient là-haut aux voiles de brume encore accrochés aux briques des cheminées et l'après-midi coulait sur ce recoin de bonheur avec de loin en loin le chant tardif d'un coq, l'aboiement d'un chien qui s'épuise à rompre son collier, le ronron d'un tracteur qui grignote les mottes sombres de l'hiver dans un vieux maïs qui frissonne au soleil.

Le sourire de ma mère semblait s'accrocher un peu au coin des choses comme l'eau trop calme et profonde d'un cours d'eau que des pierres saillantes font brusquement bondir et briller d'un roulement nouveau. Elle venait clapoter sur les trente soleils de mes feux. Nous étions bien comme dans un presbytère oublié par la vie au fond de ses vieux murs.

Le Dr Tambon lui avait prescrit trois mois d'arrêt de travail, nous en avons profité pour partir tous les deux à travers les collines. On allait au hasard au bout des chemins roux, moelleux d'aiguilles de pin. Pour la faire rire je faisais le singe dans les arbres, Tarzan fada qui rate tous ses coups.

Nous marchions dans le silence des pinèdes puis nous nous asseyions contre un pigeonnier sur de grandes pierres blanches ; nous sortions du sac de toile des tartines de beurre saupoudrées de chocolat râpé et une banane pour chacun, tiédie par les montées.

Nous serions restés là jusqu'à ce que je grandisse et même après, à n'attendre rien que le lendemain pour repartir sur ces chemins. Il n'y avait plus les fracas du préau et les silences de la classe quand le maître fouille nos yeux pour savoir qui va être interrogé, ni les départs nocturnes de ma mère vers les hôpitaux. Il n'y avait que le soleil pour nous chauffer tranquillement, sans personne pour demander pourquoi nous n'avions plus envie de bouger, pourquoi nous restions là avec le pigeonnier, sur l'éternité de ces pierres blanchies par l'immobilité.

Ce soir-là nous venions juste de passer à table quand Pépé de Sole Mio surgit avec son panier de poissons. Il arrivait droit du Vieux-Port et il sautait chez nous.

« J'ai une bonne nouvelle pour toi, Quiquou ! »

Quiquou était le surnom qu'on donnait à mon père dans le quartier. Tout le monde a un surnom dans un quartier, gentil ou venimeux, sauf les propriétaires des riches magasins que l'on appelle par leurs noms précédés de Monsieur.

Pendant qu'il tirait de son panier sur l'évier une soupe de poissons encore toute vivante, il nous expliqua la nouvelle.

« J'ai un ami sur le port, un Corse d'Erbalunga, qui vient de prendre sa retraite de la chambre de commerce, il était responsable de la dératisation sur les docks, c'est une bonne planque, tu ne travailles que la nuit… Il faudrait que tu y ailles dès demain à la première heure, j'ai dit à mon ami de te retenir la place auprès du directeur. Tu n'as qu'à te présenter de la part de ce Maestracci. Je n'ai pas le temps, je file à Sole Mio, il y a au moins huit mois que je n'ai pas vu ta mère. »

Ce fut la dernière fois que je le vis, il mourut quelques mois plus tard au fond de sa barque, une nuit de juillet où les étoiles font du Vieux-Port un champ tout blanc de narcisses.

Il avait fait une fameuse trouvaille avant de mourir, on ne pouvait pas espérer mieux comme petit boulot. La nuit on n'est jamais soumis aux cadences du jour. La ville dort.

De s'imaginer flânant au bord de l'eau dans l'odorante complicité des hangars qui regorgent de toute l'Afrique et l'Asie pendant que l'algue se déhanche dans la houle nocturne, mon père était tout songeur. Chasseur de rats... Un bon moyen de se faire la main pour le gibier du dimanche, un loisir rémunéré.

La dératisation ! Il voyait Hong Kong, Calcutta, Tanger, Rio, Bangkok, Honolulu... Des collines de cacahuètes et de pistaches, des silos de vahinés qui nagent dans les grains de café.

Il ne se coucha pas de la nuit. Lui qui se couvrait de furoncles à la seule idée de travail, chantait dans la cuisine des refrains de Carmen. Il descendit à la cave avec ses propres pièges, pour s'entraîner, observer tous les remuements de la nuit, devenir incollable.

Au matin il était exalté. Il quitta la maison avant le moindre jour, portant son costume de mariage, celui qu'il gardait pour les grandes occasions. C'était la première !

Ma mère me tint ce jour-là des petits badinages sur les jours qui nous attendaient, les vacances en famille, la maison de campagne que nous aurions un jour s'il prenait du galon grâce aux rats. Et pour la première fois, si heureuse de le voir ainsi, elle eut le temps de me lire derrière les vitres ensoleillées de la salle à manger une histoire d'écureuils.

Enfin il apparut, illuminé : « Ça a marché ! Je suis pris ! » Immense silence... Nous lui servîmes à boire un grand verre de soda frais. Le sang inondait ses oreilles. Il tira de son sac un cahier d'écolier et l'ouvrit sur la toile cirée.

« Ils m'ont fait écrire toute la journée. Ça va durer trois jours puis une semaine de pratique. Aujourd'hui nous avons fait la théorie générale. »

Il était pourpre d'orgueil, il détenait comme notre mère la science sanitaire mais il était le seul possesseur maintenant, des secrets dératisants. Une place unique ! Il serait responsable des docks, du Vieux-Port jusqu'à L'Estaque, avec La Joliette et les carénages. Il devenait l'ultime défenseur de l'Europe contre l'infection épidémique.

Jusqu'au milieu de la nuit il récita son cours devant nos bouches bées. Surgissaient de sa voix des hordes de rats immondes. Il nous les révélait, les levait à chaque mot de tous les recoins noirs.

« C'est l'une des espèces les plus prolifiques du globe ! Un seul couple peut engendrer, écoutez-moi bien, cent vingt-six millions et demi de rats en deux ans seulement, tous croisements compris : mères, pères, grand-mères, nièces et belles-sœurs ! Un énorme pullulement de reproduction... Rendez-vous compte, nous avons sous nous sans le savoir plus de rats que la Terre ne portera jamais d'humains... Et cette masse vient grouiller de préférence dans nos nids de misère. Plus on souffre, plus elle nous déchiquette ! Rien qu'à Marseille, tenez-vous bien, cette seule année, plusieurs dizaines de malades ont été grignotés dans les hôpitaux par des nichées qui montent la nuit des égouts ! L'hôtel-Dieu est une hécatombe ! Et cela n'est rien, des nouveau-nés dévorés entiers par ces créatures sous les yeux de leurs mères !

« Il faut savoir que ce grouillement se divise encore en plus de vingt espèces venues de partout nous assaillir ! Ce sont surtout des orientaux qui abordent nos rives, débarquent par cargos avec armes et bagages ! Le rat d'égout est le pire charognard d'entre eux, il domine à lui seul tous les autres ! »

Il s'engouffrait dans sa harangue, allait de son cahier à nos yeux révulsés, nous faisait frémir avec du scientifique.

« Ils s'organisent par bandes pour nous soumettre. Il y a les chefs sanguinaires et la suite infinie des sujets dévoués, mais il y a aussi les non-combattants, les clochards du peuple rat. Ils ont leurs Juifs eux aussi, qu'ils exterminent impitoyablement. Racistes pires que nous ! Ah ! ils n'ont de leçon à recevoir de personne, ils nous ont en tout bien devancés, vous pouvez me croire !

« Et je ne vous parle pas des dégâts qu'ils peuvent commettre dans nos pays, du saccage auquel ils se livrent dès la pénombre ! Ils éventrent tout ce qui leur tombe sous la dent, sacs, caisses, trains entiers, flottes chargées à fond de cale, des villes de hangars... Ils nous pillent ! Je les exterminerai ces vampires ! Ce sera eux ou moi ! »

Il était plus fier qu'un étudiant, quelqu'un qu'on ne peut interrompre tant il possède de diplômes et qui vous terrorise avec les mots qui sont comme les rats, insaisissables. Nous étions babas !

Les jours suivants il repartit donc à la chambre de commerce. Cette situation inespérée et ce mari qui se mettait du plomb dans la tête requinquèrent notre mère. Son tracas à présent c'était moi. Il fallait à tout prix me recaser ; chaque jour était tant de perdu pour mon avenir dans cet impitoyable marathon où les plus acharnés peuvent seuls espérer les dernières places encore au soleil.

Ma mère profitant des quelques jours de congé de maladie qu'il lui restait est repartie dès le matin en quête d'une école qui veuille bien me recueillir. Elle me laissait seul à la maison avec ordre de ne toucher ni au gaz, ni aux allumettes, ni au poêle, ni à rien du tout car tout est dangereux, et ne jamais se pencher à la fenêtre plus de la moitié après c'est trop tard. Je descendais au jardin, là au moins il n'y a plus de catastrophes possibles, encore qu'avec le puits elle se faisait des cheveux.

J'étais bien, si tranquillement seul que je redoutais fort qu'elle ne déniche une communale qui condescende à me céder au fond d'une classe un coin de pupitre. Je m'épouvantais à la pensée des corridas que déclencheraient mes yeux éteints sur ces livres aveugles et les moqueries si j'acceptais d'être « Quatre-œils ».

Ce qui me soulageait, ces matins-là, c'était d'aller tirer d'une jarre dans le couloir de la cave les trois petits chatons qui étaient nés deux mois plus tôt. Leur mère était une grosse rousse rayée que nous avions ramassée au bord de la colline, miaulant à la lisière de la peur et d'un déchirant besoin d'affection, depuis elle gîtait là, pelotonnée dans sa jarre, attendant que l'un de nous descende la caresser ou lui apporte vingt francs de mou. Elle avait pour la tendresse cette infinie précaution que possèdent ceux qui ont longtemps erré dans la souffrance.

Elle vaquait paisiblement dans les flaques de soleil du jardin, ses yeux d'or rivés à notre fenêtre. Un soir, elle s'en était allée cueillir au bord d'une gouttière ces trois brins de duvet qui tenaient d'elle ses reflets de couchant et de l'autre matou, un tigré de savane.

Nous nous empressâmes d'adopter chacun le sien : celui d'Ange-Paul était une boule de caresse, il le nomma Pompon. Catherine choisit Pilou, maigre et craintif, porteur de toutes les terreurs et misères des toits. Le mien était une page blanche joliment tachée d'encre, je l'appelai Blanc-Noir. Un joyeux luron ! Il avait bondi hors de la jarre bien avant que les autres n'ouvrent sur nous leurs yeux.

Je l'aimai tout de suite tant que j'eus peur qu'on ne le blesse dans une rixe de ruisseau. Je ne pouvais le jeter sans défense aux crocs de la vie, ce tout-fou. Je profitai de ces grandes journées de solitude pour faire de lui un dur à cuire.

Dès qu'il fut un tantinet gaillard, c'est-à-dire tout de suite, j'entamai l'entraînement, comme on voit aux actualités pour les soldats d'élite.

Le matin, combat. Je l'enfermais avec moi dans le pigeonnier et lui enseignais tous les coups vaches : comment esquiver un coup de bâton, éviter un soulier, se garer d'un pavé qui arrive. Ensuite je l'obligeais à battre en retraite par des trous de plus en plus étroits, je faisais claquer un fouet que j'avais fabriqué, il fallait qu'il s'évade par les accrocs du grillage.

Puis je l'initiais au saut. Je le perchais sur l'aire d'envol des pigeons, l'acculais au vide ; il sifflait d'effroi, se dressait d'épouvante. Il était bien obligé de se lancer, il avait trop peur du fouet.

Quelquefois il tournoyait dans les airs mais c'est conçu pour se rétablir un chat. Il détalait chez le voisin en deux bonds, hurlant. Je savais qu'il reviendrait casser la croûte à midi. Je soufflais un peu.

Toute sa famille le regardait, assise sur le seuil sans rien comprendre à la vie déréglée de ce démon. Ah ! il pouvait y en avoir maintenant des escarmouches, des coups fourrés, on ne lui marcherait pas longtemps sur les coussinets !

De temps en temps l'entraînement était collectif afin que les autres ne soient pas trop lamentables, qu'ils fassent bloc en cas de vendetta. C'est bon un peu de travail d'équipe, on voit les faiblesses des autres.

Ces jours-là je me débrouillais pour les séquestrer tous les trois dans la cave, un cube étroit écrasé sous la maison, où ne transpirait aucune lueur une fois la porte verrouillée. D'un côté croulait un tas de charbon, de l'autre s'entassaient les reliques d'où mon père avait tiré la médecine sauvage. C'est dans ce réduit que je domptais, fouet en main, au cœur des ténèbres.

Dès les premiers claquements je les sentais détaler entre mes jambes vers le premier abri. Je marquais un temps afin de mieux apprécier ma puissance, puis lentement je reprenais ma cadence, je zébrais l'obscurité, faisais siffler ce bloc de nuit. Je les entendais se faufiler partout en proie à une grande panique, les cartons dégringolaient sur moi. Ça m'excitait ! Présence physique de la terreur. Je redoublais mes coups, les appuyant de cris affreux.

Mes glapissements embrasaient l'antre. Autour ce n'était qu'un braillement, ça fusait sur les murs, au plafond, sur moi, mes cheveux, mon dos, partout. Je me cachais les yeux, effaré de plaisir. Ils allaient me lacérer ! Chacun de mes nerfs vibrait.

Mes fauves ne couraient plus, ils volaient dans le délire de ce cercueil. Je sentais passer des lambeaux de nuit, d'antiques commotions. Je me retrouvais assis, ébranlé jusqu'aux tripes. Vidé.

Ces messes noires me donnèrent une idée de vengeance. Ce fumier de Bombardier je devrais le crever un jour ou l'autre, bien sûr ; mais Quiquette-Bleue qui avait tout manigancé et qui avait eu le culot de pleurer, il lui fallait son compte, c'était tout de même de sa faute si ma mère avait failli se jeter dans le siphon.

Je le guettai donc le lendemain par la porte entrebâillée de la rue, à la sortie de onze heures et demie. Mes braises rougeoyaient dans la cave depuis le matin. La meute attendait que je lui jette son martyre.

Après de gros flots braillards, parmi les derniers bavards de l'école je l'aperçus. Il semblait fomenter encore quelque coup avec un acolyte. Un vrai pro du troc et de la carambouille, le pire des embrouilleurs. Nous n'allions pas causer affaires tous les deux, direct à la cage et terminé !

Le voilà à dix mètres sur mon trottoir. Je sors un peu le nez, je fais le timide qui n'ose pas s'aventurer...

« Tiens, Malbichu ! On croyait qu'ils t'avaient enfermé chez les dingues ! Depuis que tu as tout bousillé ils bouffent dans du plastique. Moi je m'en fous, mon père ne veut plus que je mange à la cantine... Et tes parents, tu crois qu'ils vont trouver l'argent pour rembourser ton chantier ? Mon père a dit que si c'était moi qui avais fait ça, il m'arrachait la tête !

— Ça va, lui dis-je, depuis que je ne vais plus à l'école j'ai le temps de me faire plein de fric pour le cinéma et les gâteaux.

— ??...

— J'ai trouvé dans ma cave des livres avec des femmes à poil en couleurs, je les vends aux grands. »

Je me penche vers son oreille pour que personne n'entende. Il me croit naïf et plonge pieds joints. Il dit à son copain de l'attendre au coin du P.M.U. C'est lui qui se penche à présent, tête entière dans mon couloir pour renifler ces odeurs mystérieuses, il me pousse à l'intérieur.

« C'est des conneries ?… Des femmes à poil dans une cave, tu rigoles ? Ton frère les aurait planquées depuis longtemps… Moi je m'en fous j'en ai plein… Fais-m'en voir une ou deux je te dirai si elles sont plus belles que les miennes…

— Non non, Quiquette-Bleue ! Après tu vas le raconter à tout le monde et c'est encore moi qui me ferai démolir !

— Tu es fada ! Je te jure que quand j'ai un secret on pourrait me casser la gueule ! Tu peux demander à Gus, je te le ferai dire par qui tu veux !…

— Bon, je veux bien t'en montrer une mais si tu le dis à quelqu'un je te fais esquinter par Ange-Paul ! »

Il me précède dans l'escalier qui descend à la cave, il en rate les marches tant il est excité. Il pousse des gloussements, rit, se frotte les mains. J'entrouvre la porte, il s'y enfile, je le pousse et clac ! clac ! deux tours de clef. Je le tiens mon porcelet en transe. Les chats n'ont pas eu le temps de s'échapper.

« Malbichu, fais pas le con ! Ouvre ! J'y vois rien… Je suis en retard, ma mère va faire un scandale ! »

J'attends… J'écoute… Je souris de plaisir.

« Ouvre vite ! Il y a des rats qui me montent dessus ! Vite ! Vite ! »

Il braille : « Au secours ! À moi ! »

Je commence à tambouriner contre la porte de plus en plus fort, de plus en plus vite, je saisis mon fouet et je claque.

À l'intérieur de la boîte ça devient épouvantable, tout s'écroule, des cris pointus transpercent ma tête. Je redouble mes coups : Baoum ! Baoum ! Chlaccc ! Chlaccc ! Aououuuh !

C'est la débandade, la meute bousille tout, la maison est jusqu'en haut ébranlée. Près de moi une étagère à outils tremblote ; ils sont en train de tout démantibuler. Raymond se croit enterré vivant avec des rats énormes, il ne connaît pas les lieux : est-ce un puits ? Un gouffre devant lui ? Une oubliette remplie de serpents qui sifflent ?

Je rue de passion, me contusionne les membres, je beugle plus haut qu'eux. Il ne doit plus savoir d'où viennent ces clameurs ; c'est dans sa tête que tout s'éboule. Entre deux brames je l'entends hurler sa terreur, mes fauves ne le connaissent pas ce monstre qui mugit dans la pénombre.

C'est au-delà de tout, personne ne pourrait m'arrêter quand j'atteins cet émoi.

Petit à petit ça se calme, des forces lâchent, des nerfs sont rompus. J'attends... J'écoute. La nuit grince et geint plus faiblement, on perçoit encore des fuites, des rampements. Les derniers éboulis chutent sans conviction... Le silence va venir.

Le loquet cède sous ma main, la nuit s'entrouvre... Plus rien ne remue. Il est là, à la renverse dans les gravas, les jambes autour de la tête. Comique ce chiffon de chair sous les décombres.

Ma horde aussi est vidée, elle n'a pas foncé dans l'entrebâil.

J'entre, je prends Quiquette-Bleue, je tords pour remettre à l'endroit ce nœud d'effroi, je le traîne dehors. Il est exorbité ; je commence à avoir peur, sa bouche est ouverte, vide : épouvantail de silence.

Je l'aide à remonter. Pendant que nous errons dans le couloir, je l'époussette, l'embraille, le coiffe. J'éclaire un peu son visage avec le chiffon du vélomoteur de mon père. Je suis content, j'ouvre la porte, il part au hasard. Je lui lance : « Ne reviens plus sur mon trottoir, sinon je te relâche la meute ! Je te fais bouffer par mes rats ! Passe par où tu veux mais pas par là ! »

Le soir lorsque nous fûmes réunis, on m'installa sur la sellette et on pensa encore à mon avenir. Il fallait que je réponde à : « Qu'est-ce que tu feras dans la vie plus tard ? » et « Ne te presse pas de finir ton pain blanc, le noir va arriver ! »

Cela avec une certaine douceur. Nous nous étions tellement décharnés trois mois plus tôt à cause de la vache enragée que j'aurais à digérer bientôt que nous mesurions tous les risques de faux pas, nous évitions ces mots gorgés de venin qui mordent au coin de la bouche une famille et la font courir échevelée se jeter dans le premier canal.

C'était un soir mélancolique où les reproches ont des tiédeurs de protection. Maman devait reprendre son travail deux jours plus tard, elle avait couru toutes les écoles, poireauté des après-midi entiers pour entrevoir les directeurs. Ils étaient tous renseignés sur mes instincts : Bombardier avait eu à cœur de leur notifier le caractère avancé de ma démence.

Elle avait battu les traverses jusqu'à La Rose et Saint-Jérôme, partout on lui avait gentiment conseillé le privé, là en payant, peut-être…

Il y en avait bien une d'école privée sur notre place, tenue par le curé derrière le monument, mais à quel prix ! De plus on n'y faisait rien et puis surtout, surtout, si Mamie avait appris ça, qu'on me bourrait le crâne dans une boîte à Bon Dieu, elle foutait le feu à toute la paroisse.

Mon père était en verve d'avoir entamé sa carrière, il pensa qu'on pouvait me laisser, le temps de voir venir, en garderie chez les Maccaccari, de pauvres Italiens de deux portes à côté.

Le mari Maccaccari passait sa vie à claudiquer dans le quartier, il était pensionné. Elle, elle ne quittait la turne que le temps de courir faire quelques ménages aux alentours. Ils accepteraient sans doute de m'égarer dans leur marmaille. De toute manière nous n'avions pas le choix, je n'allais pas devenir une lumière d'ici après-demain. Autant y aller tout de suite.

Maman n'était pas très chaude pour me flanquer dans ce nid de mauvais exemple, c'est du contraire que j'avais grand besoin, d'une société probe et raffinée, pas de ce foyer dépravé toujours en train de couver sa paresse et qui me ferait tomber du côté de mon mauvais penchant. Elle avait sans doute raison de vouloir m'éviter un tel tableau de débauche ; on ne pouvait quand même pas m'inscrire au pensionnat Timon-David, ils nous auraient réclamé un salaire.

Mon père décida que ce serait l'affaire de quelques jours, pas plus, ils mettraient les bouchées doubles pour me recaser correctement. Ma mère capitula ; elle ne pouvait pas me traîner à son travail aux quatre coins de Marseille. Elle était soucieuse tout de même lorsque nous sortîmes pour aller chez les Maccaccari.

C'était deux portes et demie plus loin, sur notre trottoir, je dis et demie parce que ce n'était pas une vraie maison avec son numéro ; elle se trouvait entre le 26 et le 28, anonyme, une porte de décor qui ne s'ouvre sur rien, grise comme son pan étroit de façade où des plaques moussues montaient du ruisseau.

Mon père connaissait les lieux, il ouvrit sans frapper. Nous entrâmes dans une courette entièrement tapissée d'entassements de cages de toutes sortes de verts, vides ou pleines d'oiseaux. Un grand vacarme résonnait dans ce puits. Des étages et des étages de cages piaillantes vers un mouchoir de ciel. Des lambeaux de bâche et de toile cirée tombaient de là-haut afin de les protéger du froid et de la pluie.

Le père Maccaccari était chasseur et surtout braconnier. Il ne s'en vantait guère, se faisant passer pour un estropié qui met un quart d'heure pour traverser la rue. Tout le monde savait qu'il y avait une échelle dans sa cour par où il filait tous les matins à travers les jardins couverts de nuit avec son « seize » et son furet dans le panier.

Chasse et braconnage étaient ses passions, sa hantise aussi ! Si ça arrivait aux oreilles de l'administration il perdait aussitôt sa pension d'invalide, et à sa pension il y tenait bien autant qu'à la chasse. Perdant l'une il perdait l'autre, autant dire qu'il perdait tout !

Dès qu'il atteignait les collines après les dernières villas de Palama, il gambadait dans les pins d'un terrier à l'autre. Il les connaissait tous par cœur, chaque courbe de chaque boyau à travers les racines. Mon père racontait qu'il en avait creusé lui-même la plupart dans les vieux murets pour mieux recenser les familles qui viendraient y gîter. Il les dissimulait derrière la broussaille, suivait la croissance de ces marmailles de rongeurs comme si la colline eût été son immense clapier.

Il y avait ses postes planqués sous les gros chênes, bricolés avec des morceaux de porte et des haillons de tôle piquetés de ciel par les pluies et les pluies, que l'on a traînés là à travers les dimanches, depuis une vie. Et tous ses appelants entassés dans la cour qu'il trimbalait sur son dos pour attirer dans ses filets et dans sa glu les grives de l'hiver.

Pourtant dès qu'il ouvrait sa porte, péniblement on le voyait se traîner sur le trottoir, tout déhanché d'infirmité et de douleur, à ne pas savoir s'il allait atteindre le *Terminus* sans se péter dans le caniveau son reste branlant de carcasse.

Il savait la mériter sa pension ! On lui aurait

donné la main et l'aumône pour l'aider à passer. Tout le quartier connaissait la combine, on se cassait le nez sur du grand cinéma. Il avait cultivé l'infirmité jusqu'à la perfection.

Nous descendîmes trois marches dans la petite cour, un grand volet servait de porte à leur trou. C'est l'aîné, Giuseppe, qui vint ouvrir. Nous entrâmes dans une cave ; une ampoule jaune pendait au milieu. Dessous, un gros tas de mouches agglutinées autour de la table : toute la famille Maccaccari.

Mais surtout, en entrant là pour la première fois, ce qu'on n'oublie jamais, c'est cette odeur de pisse qui vous saute à la face et vous brûle le nez, une de ces odeurs fortes de pissotière qu'on n'a pas nettoyée depuis un siècle, où une ville entière est venue se vider.

Mon père but le pastis en faisant un peu traîner notre affaire par les détours de la chasse et de l'hiver dont on ne voit pas le bout. Eux croyaient à une visite amicale, un petit bonsoir parce qu'on passait. Ce n'est pas tous les jours que ça leur arrivait, ils devaient bien flairer quelque chose à la façon dont ils nous épiaient, mais me garder, moi, ils ne s'en seraient jamais doutés. Personne dans le quartier n'aurait eu l'idée d'une chose pareille ; ceux qui un jour s'étaient aventurés là portaient comme une plaie cette affreuse infection.

Pendant qu'ils parlotaient je me demandais comment j'allais survivre dans ce souterrain avec ces mendigots. Je les avais vus tous les enfants Maccaccari traîner du matin au soir dans les rues mais là, groupés dans ce terrier, tous à moitié débiles, leur sourire niais figé sur moi, je m'effrayais.

Les enfants commençaient par Giuseppe, un adulte maintenant. Un énorme adulte plus fort que deux Turcs, avec un nœud à la place du nez. Pas débile lui, bête seulement, épaissement bête, buté aux quelques mouvements premiers de la vie. À cette époque il m'impressionnait beaucoup, il venait de purger un an à la prison des Baumettes pour un cambriolage commis avec deux autres durs dans l'appartement du Dr Tambon, un jour où celui-ci était au champ de courses.

Dans une face de carton bouilli ses yeux de porc me fixaient; ses deux battoirs étaient posés sur la table, des mains d'étrangleur qui brisent les vertèbres d'une simple pression. Je lui lançais des sourires complices et admiratifs afin qu'il ne me prenne pas en grippe, je lui montrais qu'il était quelqu'un, d'ailleurs il l'était pour moi, quelqu'un, une espèce de monstre sans cervelle, une créature de cinéma du pire acabit qui terrorise des salles entières plongées dans la nuit. Une trogne!

Venaient ensuite les deux débiles de la lignée. Eux étaient nés en France après que les Maccaccari nous furent remontés du fond miséreux de la botte italienne aux alentours de la guerre.

Jeannot devait avoir dans les quinze ans et sa sœur Lucette, qu'on appelait Sucette, l'avait talonné d'une grossesse. Depuis elle le talonnait partout dans ses courses fantasques à travers rues et labours. Pas une seconde ils ne se quittaient. Ils semblaient tellement niais avec le sourire bizarre de ceux qui n'ont pas assez de place dans la bouche pour abriter toute leur langue. Ces deux imbéciles heureux ne cessaient de sourire, le bruit courait qu'ils étaient le triste résultat de la consanguinité. Les parents devaient être cousins germains ou quelque chose dans le genre. « Si c'est pas une honte de faire des minots comme ça dans la même famille ! Si c'est pas monstrueux de faire supporter ça à la Société ! Comme si des tarés il n'y en avait pas assez sans qu'on aille se moquer encore des lois de la nature ! » Ils n'avaient pas l'air d'en souffrir trop, ils arpentaient la vie dans la béatitude.

On peut même dire qu'ils distrayaient notre banlieue. Il ne se passait pas un jour sans que leur équipée vienne plier en deux tout le bar *Terminus*.

Jeannot était si goulu de n'importe quelle épluchure qu'il avait pris la manie de chaparder à tous les étalages, il fonçait sur les caisses de fruits dès le lever du jour, telle la buse sur le petit rongeur après six jours de diète. Une fois sur deux sa démence gloutonne renversait tout. Le gérant du Casino, M. Boutet, avait été contraint d'installer des filets sur ses cageots et M. Ramequin n'aidait plus du tout sa femme à l'épicerie lorsqu'il revenait vers sept heures du marché. Il se postait avec la manivelle dans le couloir d'à côté. Cette chasse à l'homme avait fini par lui plaire.

Sans compter que tous ceux qui habitaient au rez-de-chaussée devaient surveiller les cuisines en été, ça lui était arrivé plus d'une fois d'enjamber l'appui et de fondre sur la ratatouille. Quant aux plants de fraisiers dans les courettes, n'en parlons pas, ils étaient méticuleusement pillés.

Vorace tellement, l'idiot léger, qu'on l'avait surnommé au *Terminus* « Louis XIV », comme sa sœur ne le quittait pas d'une semelle on la baptisa « Marie-Antoinette ». On n'était pas très forts en Histoire au bar *Terminus.*

Ils allaient donc nos goinfres sous la vindicte jacassante des commères et le rire anisé de tous les chômeurs et débauchés du comptoir.

Après ces deux fadas la famille Maccaccari avait marqué le pas. Pendant dix ans on avait stoppé les frais de la descendance et brusquement, sans crier gare, le prodige s'était accompli, le ciel était descendu dans la mare. Un beau matin il leur était tombé des nues deux minuscules jumelles adorables comme le jour, deux petits coups de merveilleux tirés par la vie dans les sous-sols lugubres du malheur.

D'une si surnaturelle tendresse que le quartier entier se prosterna. Les deux bébés au fond de leur cave étaient ravis, un chuchotement d'extase les entourait.

Les mois filant les langues avaient repris bon train : la vérité était que le Maccaccari n'était pas dans le coup, on avait profité de sa femme dans l'une des villas qu'elle astiquait. Mais l'énigme demeurait entière, elle était bien plus laide que lui et si ravagée de labeur, emboutie de fatigue, qu'elle ne pouvait avoir conçu si haut.

Elles étaient là, pendant qu'ils buvaient la mominette, les yeux braqués sur moi, hautes comme ma petite sœur dans des manteaux de laine bistre et pantalons bouffants.

Alors que je scrutais du coin mes futurs hôtes, mon père avait réglé l'affaire. Ils me prendraient dès le lendemain sans qu'il soit question d'un quelconque paiement, c'était tout naturel entre amis de bon voisinage.

Nous nous dîmes sur le trottoir un chaleureux bonsoir ; nous entendîmes en nous éloignant un bruit de ferraille derrière leur porte. Le père barricadait à l'aide de grosses barres de fer la porte de la courette, comme tous les soirs quand plus personne de la tribu ne devait ressortir. Il était hanté par les voleurs, recomptait ses cages trois fois par jour, vérifiant jusqu'au contenu des mangeoires.

Je pris l'habitude d'entendre ce tintement quand ma mère m'accompagnait chez eux au petit jour, juste avant de sauter dans le tramway. Toute la journée ces barres restaient appuyées contre le mur, deux plates peintes en vert et une ronde rouillée. Il avait fixé dans la muraille tout un système de boulons ; il lui fallait cinq bonnes minutes pour déverrouiller quand nous venions frapper, grelottants de sommeil.

De l'impasse nous entendions le poste à tue-tête, ça me plaisait bien d'écouter les chansons et les nouvelles pendant qu'ils enfilaient leurs brailles et leurs tricots glacés de crasse et de nuit.

La mère et la fille restaient longtemps avachies

contre la table dans des odeurs de pisse, de tabac et de café, au fond d'une éternelle fatigue, saoules de sommeil dans ce brouhaha.

Ils empilaient ensuite trois matelas recouverts de toile cirée sur l'unique sommier de la pièce. On apercevait de larges taches brunâtres lorsqu'ils soulevaient ces tas de crin où des générations avaient sué, goutté, moisi... Infusant dans la paille, avant de vieillir, toutes les humeurs qui suintent de corps mal nourris.

Ils dormaient par terre, les uns dans les autres, dans un entrelacs de râles, cauchemars et autres songes affreux. Abrutis par cette nappe d'odeurs qu'ils sécrétaient sous la table et où ils mijotaient jusqu'au matin.

Quand il faisait vraiment trop froid pour se tirer des draps ils allumaient le gros feu du gaz un bon quart d'heure avant, leur seul chauffage avec les respirations et la vapeur des corps.

Je m'asseyais au bout de la table qu'ils avaient tirée dans un coin pour la nuit et je regardais descendre par l'étroit soupirail une lueur que le matin venait baver. Ce soupirail donnait dans la rue du Cherche-Midi, bien plus étriquée que notre impasse, un goulet où il fallait se plaquer contre le mur quand on croisait quelqu'un, c'était rare. Si peu fréquenté ce passage que tous les chiens venaient s'y délester, ils se montaient dessus au milieu des cacas, c'était leur repaire favori.

Nous, les minots, partagions volontiers avec eux cet endroit bien tranquille; nous jouions à celui qui pisse le plus haut sur les façades ou sur les souliers du copain quand il tourne le dos. Ça fait beaucoup rire ces choses quand on est petit, de se cracher dessus aussi, en vraies bagarres rangées où tous les crachats sont permis.

Je n'avais plus joué à tous ces jeux depuis l'affaire avec Quiquette-Bleue, je préférais la solitude de notre jardin.

C'est par ce fenestron à hauteur du trottoir que les Maccaccari s'éclairaient un peu ; de temps en temps une patte se levait et envoyait gicler son urine contre le vitrage ; avant qu'on ait pu le chasser le chien était passé.

Quand le mari n'était pas parti à la chasse en douce dans la pénombre, il traînaillait des journées entières dans son taudis entre ses cages et son furet. Ah, son furet ! Il ne fallait pas l'approcher. C'était son préféré, avec son fils aîné Giuseppe, il le couvait. Toujours aux petits soins afin qu'il ne prenne pas froid, ne manque de rien. Il l'appelait Jean-Paul, sans doute sa manie de faire français à tout prix.

Entre deux virantes au *Terminus* il bichonnait Jean-Paul. Il lui avait tressé lui-même un panier d'osier et sa femme avait cousu un coussin orange ; le minuscule prince de la masure était vautré dans son écrin.

Maccaccari pouvait passer des semaines à caresser le doux pelage en lui chuchotant à l'oreille, rien que pour lui, des tendresses. Quand il lui arrivait de rentrer au bercail sans son furet, le braconnier n'était plus lui-même, il s'envoyait debout un bol de soupe de pâtes et filait aussitôt par son échelle et les jardins vers les collines.

Jean-Paul était resté coincé dans un terrier. Il fallait patienter parfois deux jours avant qu'il ne ressorte. Ce sont des choses qui arrivent quand le lapin n'a pas eu le temps de fuir ; il est saigné par le furet au fond de son gîte. Le petit tueur est emmuré par le corps qui obstrue le passage. C'est ennuyeux pour le propriétaire, non seulement il perd sa chasse mais il doit attendre que sa bête l'ait dévoré pour pouvoir émerger. Maccaccari faisait le pied de grue jusqu'à la tombée de la nuit devant le trou.

« Jean-Paul ! Jean-Paul ! Mon petit... Popaul ! »

Pas trop fort tout de même, les gardes-chasses ne sont pas tous bêtes, ils se doutent bien que ce ne sont pas les lapins qu'on appelle Jean-Paul, la tête enfoncée dans le terrier, à quatre pattes.

Quand il faisait trop noir il déposait le panier d'osier à l'entrée de la galerie et s'en retournait le cœur pesant. En général Jean-Paul attendait gentiment dans son berceau qu'on vienne le chercher à la prochaine aurore, tout gorgé de festin. Les retrouvailles étaient bouleversantes !

« J'ai retrouvé Jean-Paul ! Regardez mon Popaul ! Mon Popo ! Mon Quiqui !... Qu'il est beau... Popaul, viens vite, ma fifille... »

Il en oubliait de boiter devant moi, exécutait des sauts, les pieds joints de bonheur. Pendant quinze jours il ne le sortait plus.

J'arrive un matin dans leur cave, tout de suite en entrant je sens une tension, ils n'avaient pas mis les chansons entraînantes. Personne ne bronchait.

Le père Maccaccari était planté dans le silence du sous-sol, sa position était grotesque, il se tenait en équilibre sur une jambe, l'autre repliée et ficelée sous lui tel un cheval qu'on ferre. Son bleu de chauffe était retroussé jusqu'en haut des cuisses comme s'il s'apprêtait à traverser un gué. Sa face était en décomposition, chaque trait dégringolait sur le suivant.

Les autres n'osaient le fixer, chacun garé dans son encoignure. Son genou était plus gros qu'une pastèque. Une tête au milieu de la jambe.

Je n'avais jamais cru à son infirmité, j'en restai béant... Il était donc bancal.

À y regarder de plus près je m'aperçus qu'il avait une pomme de terre coincée dans le pli de la jambe, derrière le genou. Extraordinaire une telle extravagance ! Les autres le laissaient enfler et boursoufler autour de la patate. Tout son sang affluait sur l'œdème violet ; son genou finirait par éclater !

Louis XIV me désigna d'une grimace une feuille imprimée au milieu de la table. Il me fallut un bon quart d'heure d'accommodation, tant ma vue n'avait pas augmenté, pour déchiffrer le papier et saisir le sens de la pantomime :

Monsieur Maccaccari,

Pour permettre au Service des pensions de statuer en connaissance de cause sur votre cas, je vous informe que vous êtes convoqué chez M. le Dr Michel, hôpital de la Conception,

Le…

Vous voudrez bien vous présenter muni de vos pièces médicales, radios, analyses, etc.

Veuillez agréer…

C'était plus clair à présent. Le boiteux n'en menait pas large. Accaparé par tous les états successifs de son trouble, il ne m'avait pas remarqué.

Ce genou ne lui semblait jamais assez volumineux. Il passa à une phase supérieure de démolition de sa jambe tant attendue par des spécialistes à qui on ne la fait pas.

Toute sa vie était contenue là, dans cette enflure abominable, ses lendemains avec Jean-Paul au creux des collines, ses soirées de belote près du poêle au bistrot, et l'inépuisable source de bonheur et de sécurité que vous confère la petite pension des infirmes. Loin des chantiers qui vous crevassent les mains avec la poudre de ciment et la glace qu'on brise l'hiver au fond des bacs d'eau grise ; le fracas du béton qui tourne et les grues qui guettent en bas l'échine du malheureux pour y lâcher dessus au bon moment leurs cargaisons de tuiles et de poutres ; la fournaise du mois d'août, les poumons pleins de plâtre.

Voilà ce que devenait tout d'un coup son genou, le croisement de deux routes qui le menaient soit vers l'enfer des ciments, soit vers des jours aussi doux qu'un oreiller profond en petit duvet d'oie.

Il en redoubla de coups.

Il tapait à l'aide d'une espèce de chaussette bourrée de sciure ou de terre mouillée. Des coups de plus en plus rapides à mesure que défilaient dans sa tête les images qui font du pauvre un des rares élus quand on lui offre un toit et trois croûtons à chaque fin de mois.

Maintenant sa jambe était grosse comme un cageot d'aubergines. Jusqu'au soir il tapa sur cet amas de chairs, bourrelets gorgés d'eau, de sang, de ligaments hachés. Il gagnait lentement le droit à la béatitude.

Le lendemain on le transporta d'urgence à l'hôtel-Dieu, son membre était luisant et noir.

Depuis il traverse notre quartier sur une jambe, l'autre ils lui ont coupée, elle était pourrie. Il ne va plus guère à la chasse, ou alors tendre un ou deux collets aux abords des jardins. Il passe par sa porte maintenant, on le voit sourire le soir au *Terminus*, beaucoup plus que dans sa cave. Ils ont dû lui laisser sa pension.

Giuseppe avait une telle admiration pour son père qu'il le singeait en tout, quand ils ne jouaient pas à la belote en tête à tête sur la toile cirée de leur cave ou au *Terminus* avec la vieille Escagnole, on savait qu'il pillait lui aussi les collines.

Crevant d'envie de posséder un furet pour lui tout seul, il se satisfaisait avec une autre espèce. Il avait capturé un énorme lézard ocellé dans une fente de roche, près des marais d'Allauch, d'anciens puits de chaux que l'on avait noyés. Une bête hideuse dans un univers de chair de poule ; un petit crocodile jaune et vert qui guette, gueule ouverte entre deux eaux, dans la jungle des cannes.

L'Italien avait introduit un bâton dans la faille ; la mâchoire d'acier avait claqué sur l'arme. S'était ensuivi un bras de fer colossal.

L'un arc-bouté sur ses quatre palmes crochues dans la pénombre, l'autre couvert de crampes et de sueur sous le soleil foudroyant de midi. Autour le silence blanc des carrières.

Au milieu de la nuit, éreinté, les mains et les pieds en sang, Maccaccari avait vu apparaître l'affreux caïman. Il avait failli tout lâcher. La cuirasse d'écailles luisait sous la lune telle une cotte de mailles.

Depuis cet été-là le lézard sans âge vivait dans la cour des Maccaccari, au fond d'une cage doublement grillagée, sous les piles d'oiseaux.

De temps en temps Giuseppe entrouvrait la cage, introduisait le bâton ; la mâchoire claquait. Il avait pris le coup pour extirper le fauve et crocheter une laisse de cuir à un collier de fer fixé autour du ventre. Ainsi attelés ils quittaient la courette.

Chaque fois ils semaient l'épouvante le long des trottoirs. Les femmes se projetaient avec leurs cabas dans le premier magasin.

L'orang-outan, traîné par ce molosse vert griffant l'asphalte à la recherche de ses grottes lacustres, filait ricaner plus loin.

C'est avec les deux suivants, Louis XIV et Marie-Antoinette, qu'à cette époque je m'acoquinais. Ils avaient une quinzaine d'années mais en âge mental je les valais bien tant ils s'étaient attardés.

Ils acceptaient volontiers que je les suive dans leurs courses à travers étals et jardins. Le père n'y voyait pas d'inconvénients, il profitait du silence pour préparer les atouts qu'il abattait jour après jour sous le regard médusé de Giuseppe.

C'est au cours de ces escapades avec les deux idiots que je connus d'autres émois. Ils avaient déniché la combine pour s'envoyer dix babas en un seul soir. Louis XIV opérait sur les marches du *Terminus* où se trouvaient toujours à l'heure de l'apéro quelques bons vivants invariablement prêts à se taper une bonne bosse de rire.

« Allez Louis XIV ! Deux babas que tu n'es pas capable d'avaler ce verre à pied ! »

Il en avait avalé bien d'autres de tous calibres pour quelques babas dodus et scintillants de rhum. Il savait se faire un peu languir, exciter les enchères.

« Allez ! Trois que tu n'en viens pas à bout ! Trois, gros fada ! »

Quand l'auditoire était bien rondelet sur les marches du bar, il entamait le numéro. Seul face au demi-cercle il broyait méticuleusement la coupe, éclat après éclat. On entendait le crissement. Il avalait de vraies échardes de verre ; on avait mal pour lui. Il devait se cisailler les amygdales, ensanglanter son gosier.

Il le liquidait, pied compris, dans un étirement général et douloureux des cous.

Quand tout le monde était chauffé à blanc on commençait les collectes pour que ça continue, qu'il passe à autre chose de plus repoussant. On connaissait son répertoire, il était prêt à tout pour gober les délices de M. Mazet, le pâtissier le plus doué du quartier.

Quelquefois il les embarquait dans l'effroyable numéro du crachat. Il se faisait encore prier et reprier afin qu'on double les mises chez Mazet, il en arrivait à des dix et quinze babas étalés d'avance sur une chaise en bois qu'on avait sortie sur le seuil du bistrot. Là il se surpassait.

Il remontait le cours du ruisseau suivi par la bande, s'immobilisait, salivait par petites rotations des mâchoires le plus onctueux des crachats, une pâte élastique et opaque qu'il lâchait cérémonieusement dans la rigole.

Commençait le cheminement de la glaire dans l'eau noire des éviers. Toute la clique suivait le cours du molard. On se faisait du coude. Il fallait cinq longues minutes à la chose pour atteindre, telle une tribune, les trois marches du *Terminus*. C'est là que l'acteur attendait l'ovation.

Louis XIV chevauchant le caniveau regardait venir ses sécrétions. Alors, d'un geste large, il cueillait sur deux doigts l'écœurante glaire, la soulevait au-dessus de sa tête et la faisait glisser lentement dans sa bouche en un long bruit de succion.

Il avalait, les yeux mi-clos, avec une expression d'extase. Les spectateurs se détournaient révulsés, certains vomissaient.

Avec Louis XIV et Marie-Antoinette nous filions vite vers la première impasse et je m'envoyais deux ou trois babas au bord de la nausée. Lui s'en tapait dix en lorgnant les doigts de sa sœur, à l'affût d'une dernière miette.

Tout faisait ventre avec ce goinfre, il aurait digéré le poison.

Je l'ai vu ingurgiter devant le café des paquets de lames Gillette et un coussinet de plumes que le patron était allé chercher dans son salon au premier malgré les cris éperdus de sa femme. Il eût ainsi grignoté tout le quartier tant il était envoûté par les babas de Mazet.

Cette démence boulimique me donna une nouvelle idée de vengeance. Nous étions postés dans l'encoignure du Cinévog, épiant les va-et-vient de l'épicier pour lui étouffer quelques branches de dattes qu'il venait de rapporter du marché de la rue Longue-des-Capucins. Ce devait être un jeudi.

Voilà que passe devant nous la 403 de M. Bombardier, ses cannes à pêche fixées sur la galerie. Et toc, c'est la révélation ! Je vois immédiatement dans ma tête son merveilleux poirier trônant seul à cette heure au milieu du jardin de l'école, couvert de ses fruits fabuleux, les dernières poires de l'année dont M. Bombardier vantait les succulences à longueur de journée.

Quand il parlait de beauté, quand il pérorait sur l'harmonie, quand il nous élevait sur les sommets de la morale, c'est toujours à son poirier qu'il revenait, à lui qu'il comparait chaque miracle. Nous avions tout à apprendre de l'arbre : notre équilibre, notre bonté, l'humilité dans le don et la puissance de la vie. Cet arbre pour lui n'était autre que son poirier, ce poirier qu'il bichonnait depuis sa nomination dans notre communale. Vingt ans.

Dès le matin avant la cloche, en blouse grise déjà, et le soir après l'étude, et en coup de vent pendant les petites récréations ; un œil sur nous par-dessus le grillage, l'autre sur son arbre. Il lui apportait tous les menus soins de la taille et du binage, l'emmitouflait douillettement de paille au plus méchant de l'hiver, lui servait à boire un peu chaque soir durant la canicule une eau à température ambiante qu'il tirait d'un bassin construit tout exprès pour son poirier et son plant de fraisiers. Il allait même jusqu'à lui faire de douces confidences, il ne s'en cachait pas, il racontait que la beauté de l'arbre et la saveur du fruit résultaient des mille confessions qu'ils se faisaient l'un l'autre, tard dans la nuit.

Il était habité par deux passions : l'élèvement laïque du niveau général et son amour charnel pour ses fruits.

Nous nous dirigeâmes donc, le débile glouton et moi, vers le bout de l'impasse. Marie-Antoinette était restée au lit ce jour-là ; il faisait cet automne de plus en plus glacial. Quand il n'y eut plus personne aux alentours, nous escaladâmes le mur qui ferme la ruelle. L'arbre était là ! Plus flambant que jamais de tous ses fruits à point. C'était pour eux une question d'heures. Ils appelaient la dent. Le temps que Bombardier descende jusqu'à la mer, qu'il prenne sa soupe et revienne, nous pouvions mijoter des confitures.

Louis XIV vola dans les plumes du fruitier avant que j'aie fait ouf. Il plantait ses crocs au hasard sans même décrocher les poires, s'égarait dans ces seins de sucre. Alors l'idée me vint tant c'était rigolo ces poires entamées et toujours suspendues. Je lui dis : « N'en cueille aucune, mange-les sur l'arbre et laisse les trognons accrochés par la queue. »

Il ne comprit rien mais s'exécuta. Peut-être croyait-il qu'ainsi le directeur ne s'apercevrait de rien. Il nettoya tout jusqu'au pépin, mordant dans des positions d'acrobate. J'en grignotai cinq ou six, elles étaient énormes ! Je poursuivis le travail en recrachant mes bouchées dans un trou. Cette besogne nous prit presque la matinée ; il avalait sans relâche, frénétiquement. Cela fit à la fin un arbre de Noël auquel on eût suspendu des centaines d'ordures. Une constellation de déchets.

J'avais la bouche en feu, le cœur fou ! Louis XIV s'était allongé dans un coin avec son ventre de sept à huit mois. Nous ne rentrâmes même pas manger à midi. Nous nous postâmes un peu plus haut dans les genêts. De là nous plongions directement sur l'arbre. Pitoyable cette loque dans ce jardin de cordeaux et de délices, on ne voyait que lui.

Nous digérions doucement dans la broussaille ; autour l'hiver venait, posant du givre dans les coins d'ombre et des pépites écarlates que le mistral chaparderait bientôt. Nous écoutions les pas résonner sur les trottoirs, les moteurs ronfler dans notre impasse.

Enfin je reconnus celui de la Peugeot. Elle stoppa devant les grilles. Je réveillai l'idiot. On attendit qu'il désharnache tout, la nuit allait tomber, pourvu qu'il se presse. Nous n'avions plus du tout froid.

Le portail gémit. Ça y est, il venait caresser son arbre après la longue absence, une journée loin de lui !

Il ne poussa pas le cri que j'attendais, il se planta devant le poirier, demeura ainsi un bon quart d'heure. Soudain il se mit à tourner autour à toute allure, une fois, deux fois, dix fois... Puis il parut revenir à lui, alla chercher une pelle-bêche au fond de l'allée. Il arpentait maintenant le jardin en dépit du bon sens, à travers massifs et plates-bandes, massacrant ses salades de Noël sans les voir. Il donnait l'impression de fouiller les ombres à la recherche d'une bête. Il répétait : « Ah bé quand même ! Ah bé quand même ! »

De temps en temps il revenait se planter devant l'épave puis repartait tournoyer.

Louis XIV commença à avoir vraiment peur, il devait sentir confusément qu'on avait fait quelque chose. Il se retira à quatre pattes.

Je restai un moment à fixer dans la pénombre les rotations du désaxé puis je me faufilai à mon tour vers les premiers lampadaires, laissant tourbillonner ce fou dans son malheur et ses fantômes noirs.

Ça en fit un, les jours suivants, de raffut !

Il interpellait tout le monde dans les rues, enquêtait chez l'habitant ; il partait le soir après la classe dans les chemins venteux vers les fermes. Ma mère l'aperçut en allant chercher le lait, échevelé au milieu des labours. Que cherchait-il ? J'étais content !

On peut dire qu'à cette époque dans la folie Maccaccari j'en vis des spectacles et des exhibitions ! Pas toujours à mon avantage comme avec M. Bombardier, des scènes édifiantes et du petit calcul. Tout se faisait dans la cave des Maccaccari. Ils me dessalèrent, les rustres !

J'avais pris l'habitude à présent d'aller seul chez eux le matin. Un jour j'arrive, la porte est ouverte, les barres de fer dans leur coin, quelqu'un est déjà sorti. Je pousse leur volet au bas des trois marches et qu'est-ce qui me saute au visage ? L'entrejambe grand ouvert de la mère Maccaccari ! Elle est là, juste devant, accroupie sur une bassine, elle s'éclabousse le dessous toute retroussée jusqu'en haut. Elle ne bouge pas, elle continue l'aspersion… « Entré mon pétit Malbichou ! Fermé vite, fa froid ! »

J'ai le temps d'apercevoir sous son ventre une énorme plaque noire, un soupirail sous le corps.

C'était donc ça… Cette cavité par où tombent les gosses. Quiquette-Bleue m'avait un peu initié ; je n'aurais tout de même jamais pensé à une excavation pareille, et pourtant… J'avais vu la tête de ma sœur au début, presque aussi grosse que la mienne ! Il fallait bien qu'elle ait surgi de quelque part. Effrayant ! C'est dans cet entonnoir obscur que les pères plaçaient leur sexe. Effrayant surtout lorsque j'imaginais ma ridicule virgule face à l'immensité de la caverne ! Cette bouche sombre était peut-être aussi goulue que celle de Louis XIV ?

Je suis allé m'atrophier dans un recoin de la cave, habité maintenant par la terreur de la femme. La seule créature qui ne m'avait pas trop bafoué jusque-là, pour qui j'avais encore beaucoup de tendresse confiante. Toute la douceur de ma mère… La femme allait donc me trahir ? Mon dernier bastion de calme, d'affection… Et Suzon ? Elles étaient si doubles derrière leur lumière.

Je n'avais pas de chance, tomber pile sur les dessous de la plus affreuse du quartier. Ce n'était pas sa faute, pauvre diable, une telle accumulation de laideur ; elle traînait sa vie comme une bête de somme, tirant jusqu'à la nuit toute sa fainéante famille quand elle n'était pas rouée de coups par le boiteux lorsqu'il rentrait des bars. Quand je voyais ses mains je pensais à celles de ma mère, c'était les mêmes ! Toutes tailladées de noir et épluchées par les légumes. Deux blessures à vif qui font hurler au contact de l'ail et du sel.

Et des jambes ! Ah, les jambes ! À vomir de tristesse et de dégoût, cloquées de violaçures, lézardées de longs poils de vingt ans. Si le rasoir était passé dessus, il cisaillait tous ces ulcères noirs.

Pauvre femme, je ne lui en veux pas, elle s'apprêtait à partir au boulot et c'était sans doute la seule à se laver un peu au fond du souterrain, c'est moi qui aurais dû être à l'école à cette heure, tant pis pour moi j'en verrais d'autres… Et d'autres d'ailleurs j'en vis !

Un après-midi de fin d'hiver où le soleil nouveau vous fait éternuer en tapant sur la tête, nous étions seuls, les deux débiles et moi, à traîner sur les trottoirs. Nous languissions... Marie-Antoinette avait eu envie de se laver les cheveux, elle nous avait quittés. On sentait dans nos corps un frisson de printemps.

Au bout d'un moment de doux ennui au soleil nous l'avons rejointe dans la fraîcheur de la cave. Elle était agenouillée, la tête enfoncée dans le four, elle faisait sécher sa chevelure, profitant de l'absence du père pour user un peu de gaz. Il l'aurait rossée cette souillon qui fait sa coquette.

Louis XIV met le poste à tue-tête, joyeux tout d'un coup. Il prend le balai et s'en sert de guitare, grimpe sur la table et nous fait le numéro : claquettes, micro, on voit tout ! Quel show ! Il a ce talent. À mes applaudissements il ne se contient plus, il salue, remercie. On dirait un chanteur fantaisiste comme mon père raconte à l'Alcazar.

Le récital repart de plus belle, il saute sur le sol, enfourche sa sœur et la chevauche tête dans le four : « Tagada, tagada, tsoin tsoin... » Il agrippe Marie-Antoinette par les cheveux et allez que je te poursuive, « Hue ! Hue ! ». Elle rue à travers la pièce pour le culbuter. Il s'accroche en musique. Ils font comme ça trois tours de table sans qu'elle parvienne à le désarçonner. Elle braille.

Il lui tire tellement la crinière qu'elle l'envoie dinguer d'un coup de reins dans les ballots de linge sous le lit. Il rapplique, son balai à la main, la bascule à grandes claques, lui fond dessus, la tiraille, la déchire, la débraille... Il devient fou !

« Ah salope ! Grosse truie ! Pouffiasse ! Tu veux faire la belle ? Je vais te casser le portrait, moi ! Je vais te mettre en compote ! Je vais dire à papa que tu uses le gaz ! »

Ils râlent embrouillés l'un dans l'autre, des morceaux de tissu s'écharpent. J'entends des grognements de porcelets à l'heure enragée de la soupe, des cris aigus, des bruits de groins... De la succion, des râles encore...

« Lâche-moi pourriture !

— Je vais te crever ! »

Elle se dégage, tente de fuir, s'embronche, s'affale. « Tu es encore plus con que le con qui t'a fait con ! »

Il n'entend plus rien, il la trousse, la renverse, il veut lui planter le balai quelque part. Elle hurle de douleur. J'entends malgré tout un braiment épouvantable. C'est lui, il a reçu un coup de genou. Je n'ai rien vu mais il se les tient, il s'enroule par terre, gronde de douleur. Elle le regarde faire le ver qui a reçu un coup de bêche. Il se relève, saisit quelque chose sur l'évier, se retourne et dans un éclair la frappe au visage.

Il y a un grand silence, on n'entend plus que la chansonnette. Je la regarde : elle a une fourchette plantée dans l'œil. L'œil est à moitié dehors, il pend au bout d'un fil blanc... Elle ne crie pas, elle ne comprend rien, elle est figée, affreuse.

Plus personne ne bouge. Les premières douleurs montent à son œil. Elle brame à la mort en tirant sur la fourchette. Elle va tout arracher !

Je m'enfuis dans l'impasse, j'alerte le quartier.

Les sirènes se rapprochent avec tout l'effroi qu'elles amènent. Je me barricade dans notre pigeonnier, claquant comme une cosse d'acacia. La nuit ensevelit tout !

Enfin notre cuisine s'allume, je monte. Mon père est blanc comme un linge, les sirènes l'ont réveillé d'un bond, il est allé voir la catastrophe. Il me demande pourquoi je n'étais pas chez les Maccaccari, je lui explique que j'ai bêché le tour des rosiers.

« Tant mieux, me dit-il, la fille Maccaccari a été transportée à l'hôpital d'urgence avec un œil crevé ; ils sont venus chercher l'autre cinglé pour l'enfermer à la Timone avec les fous, il paraît qu'il a été victime d'une crise sexuelle, il n'est pas près de sortir, tout le quartier voulait le lyncher ! Quelle famille de jobards ! »

Petit à petit les autres rentrent, Catherine et Ange-Paul avec leurs cartables, ma mère livide de fatigue et de terreur. On lui a tout raconté sur le trottoir, il y a encore un troupeau de bazarettes qui commentent ce qu'elles auraient aimé voir. Elle a escaladé les marches six à six, elle regarde mes yeux aux cent coups. Je l'ai échappé belle.

Nous parlons longtemps dans la nuit de cette triste affaire puis nous nous reposons le problème : que va-t-on faire de moi le lendemain, maintenant que ça devient trop dangereux à côté ?

Nous décidons à bout de force que j'accompagnerai maman dans les quartiers où elle travaille. Nous ne sommes pas plus avancés que trois mois plus tôt, il n'y a pas de Maccaccari pacifiques dans les parages.

Comme à la fin de l'automne quand j'allais la promener convalescente à travers les collines, nous partions très tôt et nous nous hâtions de longues journées tout au long des traverses. Nous ne pouvions pas payer deux fois le tramway. Nous avons regardé le printemps venir sur Marseille.

On s'en allait avant le jour par la traverse des Naudins vers Les Olives et La Valentine, on longeait d'abord des prés givrés de fin d'hiver où le creux des mottes est blanc. Là-bas, derrière Allauch, se dessinait l'immense barre de nuages comme un désert bleu, nous attendions le long cheveu de cuivre du soleil qui va poindre. Nous trottions vite vers cet œil aveuglant d'or en feu. Deux pies grelottaient encore dans l'herbe humide, chapardant les perles de rosée qui sortent de la nuit dans leur écrin de brume.

C'était des vergers tendrement ondulés puis des jardins, des enclos de légumes fermés de murets et de rouille, les premières maisons d'un petit patelin avec leur véranda. On entendait chuinter dans le matin un ruisseau d'arrosage sous les robes à volants des herbes rondes.

Nous repartions plus loin sur ces ruelles vertes vers des morceaux de vie, des chiens sur le pas de leur niche et une deux-chevaux qui broute au bord des champs. Nous finissions par atteindre l'école où ma mère travaillait. Elle faisait les vaccins à tous les enfants de Marseille, banlieue après banlieue. Elle les a toutes connues ces grandes personnes d'aujourd'hui, qui errent dans la ville, elles gardent d'elle en haut du bras une infime cicatrice en souvenir pour la vie. Ce petit coup de plume et cette odeur d'alcool.

Je les ai vus défiler des journées entières ces enfants de mon âge qui peuplent les quartiers ; j'étais de l'autre côté de la vitre, seul dans les cours, j'attendais que ma mère ait fini de s'occuper des autres pour repartir à travers les cyprès sur ces chemins de fermes.

Il y a des vaccins que je n'ai jamais eus. Ce n'est pas la peine, disait-elle, puisque toute la ville est immunisée. Elle les inscrivait tout de même sur mon carnet de santé au cas où une école me reprenne. Question santé j'étais irréprochable, toujours à jour avec ma mère.

Parfois je l'attendais sur un talus en face d'une école, le printemps me chauffait. C'est là que nous mangions, à l'écart des passages, nos tartines et nos œufs. L'après-midi nous repartions encore, ça sentait bon la route chaude et le thym. Nous rencontrions des bassins couverts de mousse et d'appels de grenouilles qui se taisaient à notre approche ; quelques peupliers humectaient leurs pieds dans les fissures noires de ces murs. De loin en loin se dessinaient sur les champs de profondes allées de platanes laissant tout au bout deviner un coin rose de toiture, une ancienne bâtisse aux vastes écuries avec des portes rondes où est gravé le siècle. Nous filions les yeux longtemps tournés vers ces majestés calmes. D'autres banlieues nous attendaient.

Nous nous sommes dépêchés comme ça tout le printemps vers La Pomme, Saint-Barnabé, La Barasse. Quelquefois nous avons pris le tramway jusqu'aux Quatre-Chemins, nous continuions à pied jusqu'à Menpenti, aux délabrements de La Capelette et du Panier où des ruelles entières s'appuient comme des vieux sur des morceaux de bois et des poutres véreuses. Il faut se hâter de les dépasser, on dirait toujours que ces ventres boursouflés de plaques verdâtres et de poussière vont vous crouler sur la tête.

C'est dans ces quartiers-là, le vieux centre et les environs du port, que ma mère s'attardait. Le soir enfin nous nous en retournions par ces mêmes traverses, il faisait encore doux. On voyait là-bas, dominant la rade, le lourd Pilon-du-Roi, tour bleue dans un ciel lilas. Nous nous tenions la main, serrés et fatigués vers notre étage, nous pensions au souper, nous grandissions ensemble à travers les banlieues.

L'un des premiers dimanches de printemps nous décidâmes d'aller passer la journée à la plage. Nous avons pris le tram, nous commencions à être trop lourds pour grimper les uns et les autres sur le vélomoteur. Mon père était de repos.

Marseille ruisselait sous le soleil. Nous avons longé le Vieux-Port à pied du côté de la criée aux poissons, ça sentait fort la marée sur les pavés gluants d'écailles et de lumière ; c'est le plus beau moment pour ce coin de la ville le matin au soleil, c'est propre et ça sent fort.

Où qu'on aille à Marseille on tombe toujours sur le Vieux-Port, c'est le cœur d'une toile où l'araignée attend, mais là c'est brutalement bleu et jaune et ça n'apporte que du bonheur. Chaque fois qu'on y débouche c'est le même choc; il est vraiment majestueux ce port, il capte toutes les lumières. On l'a fait pour les enfants!

Nous sommes passés ensuite devant la Légion étrangère, toujours au garde-à-vous quoi qu'il arrive, on l'aperçoit de loin avec ses épaulettes et son képi blanc, on se demande si le fusil est vraiment chargé quand on voit cette tête carrée et bronzée même en hiver.

Plus haut on atteint le jardin presque suisse du Pharo, tant il est vert et impeccable, c'est le seul endroit propre de la ville avec le palais Longchamp, on le garde derrière des grilles hautes et noires. À part les jours de mistral il n'y a aucun papier gras sur les pelouses, des messieurs bleu marine en casquette se promènent dolemment dans les allées, les mains derrière le dos.

Un jour la bande d'Endoume m'est tombée dessus sans raison, juste devant ces grilles, ils m'ont vraiment amoché à coups de chaînes de vélo. La marchande de glaces a poussé des hurlements, elle m'a relevé et appliqué des glaçons sur mon visage en sang. Quand je suis rentré à la maison ma mère a eu tellement peur en voyant surgir ma tête enflée, déjà violette, qu'elle m'a envoyé deux gifles en braillant. Cela se passa plus tard dans ma vie, c'est la poussière des mille souvenirs qui remontent quand on traverse les endroits où on les a vécus. Il y a un souvenir par porte et des portes, dans une ville, Dieu sait s'il y en a !

Après la butte du Pharo rééclate la mer, vaste et ronde cette fois, piquetée de voiliers blancs qu'on croirait presque en Corse et qui sont juste là à remonter le vent à cent pas de la roche.

À nos pieds c'était la plage des Catalans. Nous nous sommes accoudés avec les nuées de badauds aux balustrades, comme au jardin zoologique quand on regarde l'ours blanc au fond de sa grotte lacustre. En bas, d'autres nuées couraient derrière un ballon dans des gerbes de sable et de cris, et des femmes assoupies se redressaient d'un bond, luisantes comme des couteaux, parce qu'on avait recouvert de sable leur beau dos noir d'huile solaire. Elles aboyaient : « Allez jouer plus loin imbéciles ! »

Plus loin d'autres femmes rebondissaient hors d'elles et cela indéfiniment sous le rire de la balustrade qui n'attend que ça toute la journée, la veste du dimanche sur l'épaule, les manches de chemise retroussées.

Nous aussi nous riions volontiers mais avec Ange-Paul nous aurions préféré barboter autour du radeau de planches et de bidons amarré dans l'anse et qu'un troupeau de gosses abordait sans répit, rejetés à la mer par des corsaires en slip.

Nous nous sommes avancés vers l'entrée tous les cinq : c'était payant ! Nous avons consulté les tarifs, l'air de rien, la foule se bousculait devant les vitres du guichet avec les bouées de couleurs et les pleurs d'impatience entre les jambes des adultes.

Notre père nous a confié : « C'est quand même bête de payer pour la mer alors qu'elle est partout. » Maman a dit : « Tant pis, pour une fois on peut bien se le permettre. »

Finalement nous avons décidé d'aller voir un peu plus loin, il y aurait moins de monde et ce serait gratuit. Nous sommes repartis sur le front de mer vers des paquets d'écume qui éclataient au ciel. Sous nous c'était maintenant la falaise avec ses rumeurs d'eau. Pourtant la mer était belle, calme et chaude comme une plaine au soleil. Nous marchions vite dans la chaleur qui monte, nous nous pâmions d'avance avec des frissons sous les chapeaux de paille.

Nous longions la promenade de la Corniche, de temps en temps nous rencontrions des bains. Toujours payants ! Dès que la mer avait déposé un vague tas de sable entre deux rochers, il fallait payer. Ça s'appelait le Petit-Pavillon, les Bains-Militaires, et c'était encore plus cher que les Catalans. Mon père coulait l'eau sous sa casquette, il était de plus en plus furieux, il marmonnait : « De mon temps on n'aurait jamais vu une chose pareille, on pouvait se baigner n'importe où, bientôt il faudra être très riche pour toucher l'eau... C'est une honte, la ville de Marseille ! »

Maman disait : « On aurait dû s'arrêter aux Catalans tout de suite, maintenant on va vers les villas de la Corniche, il n'y aura plus du tout de gens comme nous, on aura l'air fin sur ces plages privées avec notre barda ! »

À bout de nerfs nous avons décidé de reprendre le tram jusqu'à la Pointe-Rouge où tout Marseille peut se baigner gratis. Nous nous sommes hissés sur une plate-forme dans l'enfer des tramways bondés du dimanche. J'avais le nez écrasé contre la vitre et des tonnes de gens compressés sur le dos.

On a tourné longtemps en surplomb des rochers, les yeux aveuglés par l'éclat de la mer, le corps mijotant dans la sueur publique. On survolait sur des viaducs le petit port du vallon des Auffes et les minuscules barquettes de la Fausse-Monnaie. Tous les rouges, les verts et les bleus qui flamboient sur le seuil des maisons de pêcheurs, que les embruns d'hiver s'acharnent à diluer en des roses plus doux, des vert amande et des bleus semblables à des ciels de septembre.

Brusquement notre père s'est mis à faire de grands gestes par-dessus les têtes, il nous appelait par nos noms : « Dépêchez-vous c'est là ! On va manquer l'arrêt ! » Il était écarlate, tous le regardaient s'agiter. Le tram s'est arrêté, tout le monde est descendu. C'était le terminus.

Ce n'était que des familles comme nous qui venaient à la plage. Nous avions tous eu la même idée.

Nous étions au pied d'une statue blanche : un homme nu qui tournait le dos à l'horizon en présentant ses muscles. « C'est David », a dit notre père. Nous avons regardé comme ses fesses du côté de la mer. S'étalait une infinie plage gris et marron, toute la ville s'était effondrée là, les plus lointains quartiers accouraient depuis l'aube pour s'avachir et somnoler, blottis les uns contre les autres dans une odeur suffocante d'évier bouché.

« Et ça c'est l'Huveaune ! a-t-il ajouté, tous les égouts de Marseille se déversent ici, c'est là qu'on piège les plus gros rats pour les laboratoires, les chats à dix contre un ne feraient pas un pli. Des caïmans ! On va aller un peu plus loin... »

L'égout en se jetant faisait un vaste éventail noir sur la mer grise maintenant, un lac bourbeux où flottaient des cageots, des pneus et des planches. C'est là qu'il y avait le plus de monde, une nappe de corps couchés et des haies de pêcheurs au bord de la mare.

Nous avons longé cet immense dortoir, nous étions épuisés. Plus on allait, plus l'éventail puant paraissait s'agrandir, comme si l'on s'acharnait brusquement sur toutes les chasses d'eau de la ville. L'égout nous poussait toujours plus loin.

Il fallut bien se résigner, elle était sans horizon la pourriture, les cageots avaient ici fait place à la flottille des plastiques et des détritus. La mer était pelliculaire.

Nous avons aperçu une échancrure de terre sans corps, nous nous sommes précipités. Nous avons failli plonger tout habillés avec Ange-Paul tant nous dégoulinions. Du bord de son coma notre mère nous tendait les maillots.

Comme il n'y avait pas de cabines nous nous sommes déshabillés dans la serviette, à tour de rôle. Toutes les familles nous regardaient, elles attendaient que la serviette se dénoue et tombe pour rire un bon coup. Nous avons fait paravent autour de celui qui se démenait dans son linge, en équilibre sur une jambe instable. Quand le tour de Maman est venu nous nous sommes mis à quatre pour la tenir et nous avons fait un double nœud.

Un peu plus tard une autre famille a déniché un trou pas très loin. Ils ont fait comme nous, la serviette autour de la taille. Nous regardions avec la foule pour rire aussi. Nous nous sommes avancés prudemment vers l'eau, mon père avait un vaste maillot de bain bleu marine à côtes de laine qui montait jusque sous ses poumons, on aurait dit une barboteuse. Ma mère le regardait avec fierté entrer hardiment dans la mer. Il nous a portés à tour de rôle sur son dos là où nous n'avions plus pied pour nous donner confiance, de temps en temps il buvait un petit coup sous le poids, ça avait l'air bien épais cette écume noirâtre.

Tout à coup Ange-Paul a eu envie de faire caca, nous étions partis un peu vite. À perte de vue il n'y avait pas d'endroit, ma mère s'est affolée, elle avait déjà le papier à la main, elle se tournait dans toutes les directions comme pour chercher du secours. Elle a dit : « Tant pis ! Va vite faire dans l'eau, personne ne s'en apercevra, vite ! vite ! Ça va te passer et après tu seras encore constipé ! »

Elle le poussait. Nous étions là pour l'assister. Lui, accroupi, avait de l'eau jusqu'au cou, nous jusqu'aux genoux. Il forçait.

« C'est bien, personne ne te voit, prends ton temps ! »

Toute la plage avait les yeux fixés sur nous ! Nous avons vu apparaître à la surface trois *pètes*.

Là, inutile de dire que nous nous sommes sentis mal, nous avons regardé autour s'il y avait de l'orage... Ange-Paul se démenait pour noyer les *pètes* mais elles remontaient à tour de rôle.

« Enterre-les au fond ! » a dit notre mère.

Là non plus elles n'y restaient pas, elles venaient toujours danser autour de ses oreilles, plus rouges maintenant entre deux sous-l'eau que tous les parasols d'où l'on commençait à nous lorgner bizarre.

Papa a sauvé la mise avant qu'on meure de honte face à la ville hors d'elle.

« Mais ne restez pas là, bon Dieu ! Vous ne voyez pas que c'est une infection ! Si c'est pas un scandale quand même une saleté pareille, ce n'est pas une plage c'est une fosse septique ! »

Nous avons regagné notre enclos en criant au scandale. Quelques secondes plus tard toutes les mères faisaient de force sortir leurs gosses de l'eau, ça chialait partout, une rumeur de rage enflait de loin en loin contre « cette mairie qui est au-dessous de tout, une calamité ! On s'empoisonnera tous et on finira sur des chaises roulantes avec la polio ! »

Un troupeau entourait les *pètes* d'Ange-Paul. Sur une bonne portion la mer s'était vidée de tous ses barboteurs ; nous n'en menions pas large... C'est sans doute le caca le plus célèbre d'Ange-Paul, il aurait pu faire tomber la mairie aux élections suivantes. Quelques instants après tout le monde était de nouveau dans l'eau.

Soudain le temps a paru se gâter sur l'horizon, de lourds nuages d'encre accouraient du large, l'eau virait au noir à mesure qu'ils roulaient vers nous.

L'acier de la mer se creusait sous les premières bourrasques, notre père a grogné : « En avril ne te découvre pas d'un fil ! »

Toute la plage avait les yeux gravement fixés sur le ciel.

Nous nous sommes empressés de sortir les assiettes en plastique. Quand notre mère a déplié le jambon, elle a eu un haut-le-cœur, il s'était marbré de jaune et de vert, sans doute l'étuve des tramways et cette matinée accablante de marche forcée sous le soleil. Elle a dit qu'il ne fallait pas manger ça, même pas y toucher ! C'était un poison violent maintenant. On allait l'enterrer dans le sable. Elle voulait tout enterrer ce jour-là. Mon père a rouspété, il en avait vu bien d'autres à l'armée, on aurait pas fait la fine bouche si on avait eu son enfance, pas tant de chichis pour un peu de chaleur : « Sur la tête d'un mort je les aurais mangées ces tranches et bien content encore !

— Ça ne te regarde pas ! a-t-elle rétorqué. Mange-les si ça t'amuse mais n'empoisonne pas mes enfants ! »

Il a avalé les cinq tranches et lui a demandé s'il n'y en avait plus. Nous le regardions en coin, attendant qu'il tombe foudroyé.

À toute allure elle nous a servi l'omelette mais le vent était de plus en plus violent. Les premiers parasols ont roulé sur le dos des familles et des rafales de sable nous criblaient douloureusement le corps. L'omelette craquait sous les dents. Nous n'avons pas pu la finir sauf Papa qui a redemandé si nous n'avions pas fait la guerre.

Ça volait maintenant de tous côtés : serviettes, ballons, linge. Les mères arrimaient leurs petits, les pères s'envolaient avec le parasol. Des nuées de papiers venaient se coller contre les fesses, les figures. Un raz de familles regagnait à genoux l'intérieur des terres, à moitié habillées, traînant des ballots.

Il y avait déjà foule à l'arrêt du tramway ; les foyers se comptaient, les enfants braillaient, les gifles pleuvaient à la vitesse du vent. Mon père a juré que c'était bien la dernière fois !

Le ciel grondait mais ne s'ouvrait pas, le goudron était gris de sable et de poussière ; passa sur la route une serviette abandonnée, personne n'osa la prendre, même sous l'avalanche les gens se surveillaient. Elle est allée se plaquer contre le grillage d'un stade, le soir elle serait toute déchirée ; la foule entière l'avait un instant convoitée.

Le premier tram au loin a tout bousculé ; c'était à qui serait aux premières places dans ce peloton de futurs noyés mais personne ne savait où il s'arrêterait exactement pour être juste devant la portière. Ça se mit à piétiner de droite, de gauche et revenir comme si nous allions tous plonger pour plaquer le tramway. Les hommes, tête baissée, tenaient de chaque côté des poignées d'enfants, prêts à les arracher à l'instant de l'assaut, les femmes poussaient par-derrière.

Le tram a eu tellement peur devant la meute qu'il a accéléré. Ce fut un hurlement ! Des marmots s'évadaient fascinés par la mer déchaînée.

Le troupeau a barré toute la route et la rame suivante a stoppé. D'autres machines sont arrivées en renfort qui ne parvenaient jamais à digérer cette cohue.

Nous allions peut-être pouvoir prendre le suivant. Le ciel a dégrafé ses tentures noires, on a vu sa chair bleue, il a viré au vert sur Le Planier. Le suivant est arrivé, nous ne l'avons pas pris. Nous restions seuls sur le trottoir avec trois reliquats de familles. Il faisait calme brusquement et la mer à nouveau scintillait. Nous n'avions pas le cœur à rentrer tout de suite, nous aurions bien voulu nous rebaigner mais nous étions en pleine digestion.

Nous sommes allés nous asseoir un peu plus loin au pied des premières villas, sur une belle terrasse qui replaçait ses parasols. Des gens distingués sortaient en souriant vers la mer, de grands verres à la main, verts, rouges et tintants de glace, chacun se rasseyait dans son costume souple.

Il y avait de jolies couleurs sur l'enseigne, des tentures bleues, des fleurs rouges sur les nappes à l'intérieur, des parfums de fenouil et de safran venaient rôder sur la terrasse. Aussi blanc que les nappes le garçon s'est avancé, nous étions gênés. Nous avons tous commandé des menthes à l'eau pour ne pas déranger, mon père un pastis.

Des habitués nous dévisageaient, ils semblaient chuchoter sur nos mines. Ça m'a un peu gâché la belle fin d'après-midi, Maman aussi a dû le sentir, elle a dit qu'il fallait rentrer maintenant, il se faisait tard. Ma gorge s'est serrée. Pas parce qu'il fallait rentrer, de voir qu'elle se rendait compte que nous n'étions pas à notre place sur cette terrasse ensoleillée. Elle souriait tendrement pour cacher son chagrin, elle n'osait pas finir sa menthe.

Quand le garçon a dit le prix elle s'est empressée de tendre plusieurs billets qu'elle avait préparés depuis un bon moment, la main dans son porte-monnaie sous la table. Il ne lui a presque rien rendu. J'ai eu envie de tout casser tant elle me faisait de la peine mais ces choses-là on ne les fait presque jamais, ça revient encore plus cher. J'en savais quelque chose !

Quand nous sommes montés dans le tram, mon père a essayé de nous faire rire, il a demandé à Maman si elle n'avait pas encore dix tranches de ce jambon vert délicieux. J'ai collé mon nez contre la vitre juste sous l'issue de secours, là-bas le ciel avait la couleur du jambon. Ça avait été une belle journée tous ensemble, nous étions tristes.

Nous rentrions épuisés, Maman et moi, un soir d'été, quand nous butâmes en haut des escaliers dans la pénombre sur un tas qui pousse un cri. Nous faillîmes tout dégringoler à la renverse tellement nous étions égarés de fatigue. Nous l'avons reconnue tout de suite ; Mamie nous revenait sans crier gare après deux années d'absence on ne sait où. Elle s'était écroulée sur la dernière marche, au milieu des bagages, s'était endormie contre la porte. Nous l'avons fait entrer, asseoir et désaltérer dare-dare tant on craignait l'esclandre.

Nous lui avons expliqué que l'année scolaire

n'avait pas bien marché, nous étions dans nos petits souliers.

« Tu aurais pu nous envoyer un petit mot... Ton adresse... On ne sait jamais où te toucher tellement tu gambades à travers tes pensions... Tu as toujours ta bonne mine ! Chaque fois que tu reviens tu as rajeuni, dorée comme une passe-crassane, un vrai plaisir à voir ! »

Ce n'était pas tout à fait vrai ce que nous lui annoncions pour l'encourager à demeurer tranquille, à ne pas haranguer tout le monde, lancer tout à trac sa propagande et ses leçons dès la porte entrouverte. Nous redoutions tout d'elle, quand elle apparaissait c'était le maelström !

Mais là, appuyée sur la toile cirée, ses petits pieds couverts de poussière, elle semblait juste nous apercevoir par le mi-clos de ses yeux, ne faisait pas mine de nous accabler. Bizarre. Nous n'y étions pas habitués. Elle souriait un peu, loin derrière nous aurait-on dit, comme un reflet de toutes les routes que l'on a parcourues et qui vous accompagnent au bout d'une dernière fatigue.

Elle avait bien changé pendant ces deux années. Elle en était toute douce et paisible d'avoir erré dans monts et vaux par tous les temps. Elle avait vieilli. Nous n'allions pas le lui dire. Elle avait peut-être enfin besoin d'une famille.

Sa bouche n'était plus aussi raide et il y avait dans son chignon un fragile affaissement. Elle avait presque l'air d'une mère qui revient au bercail après une folie. Cela nous a touchés qu'elle ait pensé à nous malgré son égoïsme. Nous l'avons admirée d'autant plus, avec le temps elle avait peut-être aussi rencontré les sentiments et la mémoire.

Les jours suivants elle est restée là, avec nous, silencieuse et gentille comme ce n'est pas permis.

Où était donc passée cette furie qui des années durant nous avait épouvantés ?

Ma mère partait seule à présent, les grandes vacances allaient venir d'un jour à l'autre, elles tombaient vers le 14 juillet à cette époque. Catherine et Ange-Paul n'allaient à l'école que pour jouer, ils ne restaient en classe qu'une heure ou deux à la grosse chaleur pour éviter les insolations. Il a fait encore très chaud cette année-là à Marseille. Le soir on restait jusqu'à minuit dans l'impasse à attendre la fraîcheur afin que le drap de dessous ne soit pas moite tout de suite. Il en avait du mal à se lever le quartier le matin !

Je passais mes journées à regarder Mamie vivre dans sa nouvelle peau, puis à la fenêtre du côté de la rue, à l'heure où le soir ramène un peu d'animation et de couleur après le désert blanc des journées de juillet. J'ai toujours aimé ces grands accablements.

Je la reconnaissais tout de même, elle avait gardé toutes ses manies mais celles-ci s'étaient repliées. Elles continuaient à s'agiter sans cesse en dessous comme si elles n'avaient plus assez de courage pour exploser violemment à la tête de tous, d'une timidité qui faisait d'elle un couvent honteux et craintif. Il faut dire que nous prenions en force, nous les enfants, tout ce qu'elle perdait.

Bien avant le lever du jour elle entamait ses toilettes, dans la cuisine d'abord, sous le robinet, puis dans la chambre un peu plus tard quand ça commençait à bouger derrière les cloisons. Elle venait remplir des bassines et des bassines et elle s'astiquait comme une forcenée avec le savon de Marseille qui ne contient pas de colorants. Elle frottait jusqu'au sang ses muqueuses. Une heure après elle recommençait à cause d'un tout petit pipi. Si la folie l'avait prise de relever ses jupes en pleine rue elle aurait ébloui tout le monde.

Nous avions l'habitude de ne rien dire, nous la laissions se briquer, l'air de rien.

Avec le papier hygiénique qu'elle achetait plus épais que du velours, elle avait contracté une manie nouvelle : elle en découpait à l'avance un morceau de plusieurs mètres et elle l'étendait en plein soleil. « Ça tue les microbes ! » lançait-elle. Et au moindre pissou elle courait vite épingler un nouveau ruban sur la corde à linge. Un instant après elle fonçait renouveler l'étendage. On la voyait passer en courant toute la journée, ses longs papiers roses à la main, du soleil aux cabinets, des cabinets au soleil...

Jusque tard dans la nuit elle briquait ses petits trous dans l'incessant va-et-vient des serpentins roses, sa couleur chérie pour cet usage, on lui avait assuré qu'il n'était coloré qu'avec des betteraves. Elle en consommait des kilomètres par semaine. Quand il n'y avait pas de soleil elle en était malade, elle se retenait des journées entières, tordue sur son envie.

Pour les doigts qui touchent à tout c'était bien

pis ! Elle vaquait partout les mains en l'air pour ne rien effleurer, ça ne l'empêchait pas de les laver cent fois, dès qu'elle était contrainte de frôler quelque chose elle se précipitait sur le robinet ; ses doigts étaient vrillés de rhumatismes, ses articulations soudées. Ça faisait peine à voir et ça nous coûtait cher cette abondance d'eau.

Le comble était encore l'argent. L'argent porteur de tous les germes vicieux de la terre. Dès qu'un billet apparaissait elle fonçait sur l'évier, elle devait entendre le groin de ces microbes dans le papier.

À quelque temps de là, ayant pris un peu d'assurance avec mon frère, nous troublâmes ses manigances. Tous les matins vers dix heures elle entreprenait la lessive de son linge de corps ; l'évier entièrement désinfecté, elle frottait, ponçait et refrottait des culottes déjà toutes rongées. Après douze rinçages et les grandes eaux elle arrangeait le tout minutieusement au fond de sa bassine et s'acheminait furtive vers l'étendoir. Alors, comme par hasard nous la croisions.

« Tu vas étendre, Mamie ? C'est bien ça ! »

Elle s'obscurcissait, faisait brusquement demi-tour et relavait entièrement tout le linge. Nous avions remarqué que chaque fois que quelqu'un lui adressait la parole au-dessus de sa lessive, elle courait tout resavonner. C'était la peur panique des microbes de bouche qui attaquent les culottes par petits postillons... Et plusieurs fois de suite, nous : « Ah ! Tu n'as pas encore étendu, Mamie ? »

Et hop, demi-tour vers l'évier et brique que je te brique...

« Tiens, tu vas étendre si tard aujourd'hui ? »

Re-hop, jusqu'à ce qu'elle démarre en courant de la cuisine, son linge pur planqué on ne sait où. Elle était vraiment devenue gentille, il fallait en profiter.

Voilà comment avaient tourné ses obsessions avec le temps ; une démangeaison qui la soulevait la nuit, harcelée par le microbe, et la faisait se frotter jusqu'à l'épuisement.

Lorsque la samba tournait un peu trop au vertige j'allais à la fenêtre du côté de la rue. J'y retrouvais tout le monde sur le coup de sept heures, les voisins qui rentrent terrassés de chaleur après s'être traînés pendant des heures dans les longues files d'autos. L'éternel béret gris de craie de M. Gentil qui s'en retourne au foyer sous les piles des cahiers du jour. Maurice et Suzon qui s'aiment, passent sans rien voir sous les platanes et se perdent en riant dans la rumeur des volets qui s'ouvrent enfin sur les promesses de fraîcheur.

Soudain un regard blessé, c'est Marie-Antoinette qui respire le soir adossée au mur d'en face, une lourde paupière tombe sur un trou noir. C'est la première fois que je la revois depuis ce funeste printemps. Son œil valide glisse timidement vers notre étage. Ah ! si c'était celui de Suzon !

Louis XIV est toujours derrière ses barreaux, là-bas, sous cette autre canicule où un peuple de fous n'attend pas la nuit pour hurler à l'astre dément ses fureurs chimériques.

Mamie se rongeait de me voir là des semaines entières, le nez dans ses culottes ou penché sur la rue. Que je grandisse à l'écart de l'École laïque, que je m'atrophie la cage thoracique et le cerveau dans ce trou ! Elle n'était plus tout à fait disponible pour s'occuper de ses propretés.

Entre deux lessives elle courut chez tous ses petits camarades du Parti, comptant sur la solidarité pour me trouver une école. Le soir à table, elle nous haranguait tendrement sur les bienfaits de l'alphabet.

Elle revint un jour avec une piste : un camarade lui conseillait de m'orienter plutôt vers une école moderne, appropriée à mes instincts. Il fallut qu'elle se rende compte elle-même.

Elle boucla son balluchon de campagne en deux piles : une de mouchoirs, une de culottes, et la voilà partie pour l'école moderne, là-bas au bord de l'Italie.

Nous étions au cœur des vacances d'été et je commençais à me faire un sacré souci à cause de cette école qui était bien capable de m'accepter.

Deux jours après : « Coucou c'est moi ! »

Pâmée ! Elle avait retrouvé son allant, elle frissonnait d'intelligence et de bonheur.

« Ah ! mes enfants, mes amis ! La vie me comble ! Je n'attendais plus rien et voilà que le peuple revit ! Une révolution vous dis-je ! Le soleil de l'esprit ! Ah ! mes chers, mes camarades et petits, je viens de mes yeux voir la nouvelle éducation populaire, espoir de ma vie, combat de mes vieux jours ! Tu es sauvé, mon Jean-René, le peuple t'ouvre ses bras, son école t'accepte, elle a besoin de toi ! »

Elle s'égarait.

« Vive Freinet ! Embrasse-moi, mon enfant, mon camarade ! »

Sa folie l'avait reprise, elle allait sans plus tarder ouvrir toutes les fenêtres et faire un nouvel esclandre à nos voisins parce qu'ils mettaient encore leur marmaille à l'école obscurantiste de l'impasse.

Ça n'a pas lambiné, il fallait que je sois la semaine suivante dans cette école Freinet presque à la frontière, avant la rentrée scolaire afin que j'aie bien le temps de m'acclimater.

Maman était verte d'inquiétude : ce départ subit, tout mon trousseau à préparer pour une si longue année, notre première grande séparation... Et l'argent que coûterait une pension si moderne...

Mamie nous rassura tout de suite, elle s'était arrangée avec les Freinet, ils nous faisaient un forfait ouvrier. Sinon l'école ne serait ouverte qu'aux riches. Et puis si ça faisait encore trop cher elle nous donnerait un petit coup de pouce, on ne lésine pas avec l'avenir, surtout que là nous placions sur du sûr, l'étalon prolétaire !

Il n'y avait pas à tergiverser, elle avait accordé tous les violons elle-même. Nous nous sommes mis à confectionner le trousseau. Nous avons fait des listes qui se rallongeaient avec l'inquiétude, plus elles étaient longues, plus nous comprenions que c'était grave cette séparation sans rivages. Nous avons fait tous les grands magasins de Marseille avec escaliers roulants : Les Dames de France, La Belle Jardinière, Baze. Nous nous sommes ruinés ! Et il n'y avait toujours rien au fond de la malle orange.

Elle a cousu «Jean-René Brandoli» sur tous les slips et chaussettes, elle a fait des marques secrètes sur les belles chemises et les pantalons courts. Elle m'a acheté une grande casquette avec visière pour finir tranquillement l'été. Plus nous nous rapprochions de la semaine suivante, plus nous nous serrions de tristesse au bord de la valise, il y avait là, pliée, toute ma vie au loin. Je l'aimais déjà douloureusement cette valise, c'est tout ce qui me rattachait maintenant à notre maison avec ses odeurs, notre passé, tous ces soirs et ce linge que ma mère n'arrêtait pas de tripoter jour et nuit et qui serait là-bas le seul souvenir vivant que je garderais d'elle. Pour combien de temps vivant, au fond d'une valise? Dans des odeurs qui n'auraient plus rien à voir, des odeurs étrangères.

Le jour du départ est arrivé comme tous les jours de la vie, même lorsqu'on est certain que cela est impossible, on n'y peut rien, ça nous emporte tous, nous sommes des herbes à la dérive dans un canal qui a le temps.

Ma mère devait m'emmener jusqu'à l'école Freinet pour se rendre compte. En rentrant des quais Papa ne s'est pas couché. Il a tenu à nous accompagner jusqu'à la gare. J'avais ma belle casquette bleue et j'ai vu la maison de mon enfance s'enfoncer dans les jardins, elle dans son silence, moi dans le fracas des départs.

Quand nous sommes arrivés à la gare Saint-

Charles mon père n'était qu'une eau sous mon trousseau de plomb. Ils sont encore torrides ces grands escaliers blancs de la gare en ces débuts de septembre, même le matin. Ma mère était très énervée parce qu'on allait rater le train, elle trottait partout avec ses yeux de fièvre. Quand nous avons été assis dans le compartiment contre la fenêtre, Papa nous a dit du quai que nous avions une demi-heure d'avance. Elle l'a engueulé tant elle était émue.

Nous avons baissé la vitre et attendu. L'aiguille des minutes au grand cadran du quai avançait par petits coups terribles. Soudain, par la fenêtre ouverte, le vent a arraché ma belle casquette bleue, Maman n'a fait qu'un bond.

« Ah ! je te l'avais dit de l'enfoncer ! Eh bien, tant pis pour toi, tu n'iras plus au soleil ! »

Elle avait les larmes aux yeux, moi aussi. Nous allions éclater tous les deux quand nous avons vu surgir la face hilare de mon père, il tenait ma casquette dans sa main, il me l'avait arrachée du quai pour rire. Il n'y avait pas de vent sous la verrière de la gare. J'avais une envie folle de pleurer, nous ne savions plus comment nous retenir. Le train s'est ébranlé.

Mon père a marché un moment à côté de nous, nous nous étions levés pour lui sourire une dernière fois. Il a accéléré sa marche... Nous lui disions au revoir, il courait un peu, on est allés plus vite, lui aussi... Nous nous sommes penchés pour lui toucher la main mais on filait maintenant un peu plus vite que lui. Il a abandonné, il n'y avait plus de quai. Nous l'avons regardé longtemps se rétrécir, le bras dans le soleil, au bord du trou noir de la gare.

J'ai pensé à ce moment précis que ce n'était pas moi qu'il préférait mais Ange-Paul, à cause des yeux bleus. J'ai senti que c'était long et émouvant une vie avec mon père là-bas, seul sur le quai, si petit au milieu de Marseille. Le train a roulé longtemps dans un bruit de sommeil, nous nous étions rassis l'un en face de l'autre. On a rejoint la mer, tout était bleu partout.

On survolait des forêts de pins. Passaient à toute allure de belles maisons roses ou blanches avec des volets verts, des terrasses de soleil au milieu des toitures, des baies grandes ouvertes sur des salons clairs et profonds. Des chemins roux bordés de plantes grasses couraient sous les arbres; toute cette lumière aveuglante; la mer qui fuit sur un sentier d'argent; et les voiliers, ces longues jeunes filles que le vent pousse et ploie.

Et le visage de Maman que la clarté écrase, ses yeux décolorés au fond des cernes noirs. Si maigre et transparente sous la vaste lumière. Son beau visage qui s'effondre autour de son sourire.

Brusquement cette terreur m'a repris qu'elle ne meure épuisée, si pâle, si fragile. C'est pour cela qu'elle m'emmène ailleurs dans un dernier sursaut de pudeur. Tout autour ce bleu, ce bleu de la mer et du ciel, la grande lumière et le panache blanc de l'écume qui bat contre mes tempes. La mer infinie contre nos corps de rien et tout au bout l'Afrique qui projette sur nous ses blocs de feu. Ce train qui m'emporte loin de mon enfance sous tant de bleu si bleu.

Il y a eu une petite gare, nous sommes descendus. C'était Cagnes. Nous avons traversé la voie ferrée sous le soleil et nos bagages, nous sommes montés dans un car qui avait freiné dans la poussière. Nous sommes repartis la mer dans le dos, parmi de plus belles villas qui ignoraient ce lieu où nous allions, quelque part enfoui dans ces montagnes mauves.

À Vence, Maman m'a dit que nous étions presque arrivés, le car s'arrêtait là. Nous avons demandé notre chemin à pied par des raccourcis de collines.

Nous avons plongé dans un vallon d'oliviers, gravi des terrasses et encore des terrasses de vignes bleues et de figuiers gris perle par un raidillon très escarpé.

Enfin d'en bas nous avons cru voir l'école : c'étaient des petits bâtiments blancs comme un ciel de dentelle, des toitures plates pareilles à des balcons. Dessus il y avait, nous regardant venir, des nuées d'enfants aux corps de cuivre. En nous rapprochant, ployés sous mon trousseau, nous les entendions rire du haut de leurs terrasses. Ils nous avaient repérés depuis l'autre versant du vallon, courbés dans ces riches garrigues. J'ai regretté que nous n'ayons pas pris un taxi.

Les Freinet nous accueillirent : entre ma mère et Mamie, d'âge, tous les deux. Gentils, s'exprimant bien et sans façon. Nous leur avons fait bonne impression. Nous sommes entrés dans une salle fraîche et ils nous ont servi ce qu'il restait de midi.

Tous les enfants étaient descendus des terrasses et s'écrasaient le nez contre les vitres pour nous voir finir de suer. Nous avons mangé les crudités et nous sommes ressortis dans le soleil pour une visite de l'école. Tout le monde nous suivait. Le petit homme aux cheveux blancs a dit qu'ici nous étions tous ses enfants et que dès aujourd'hui je devais les appeler « Papa et Maman Freinet ». Ça ne m'a pas fait rire, je me suis rapproché de ma mère. Je n'avais pas le cœur à visiter leurs installations, j'aurais bien aimé que Maman dise : « C'est très intéressant vos activités modernes, vraiment très bien, nous ne sommes pas venus pour rien, oh non ! Bon, maintenant il se fait tard, merci, j'ai ma soupe à préparer. Allez, Jean-René, on rentre ! »

Ça oui, ça m'aurait fait plus plaisir que tout. J'aurais porté le barda tout seul, à pied jusqu'au train, jusqu'à Marseille si elle avait voulu. Elle n'a rien dit. Je me suis senti seul comme un aveugle oublié dans un désert. Nous commencions à tourner en rond, le soleil bâillait, les deux Freinet devenaient un peu moins accueillants, presque renfrognés, Maman souriait de plus en plus douloureusement. Je ne la quittais pas d'un pas, accroché dans sa jupe comme le soir où elle s'était suicidée.

Nous avons fait encore quelques tours sur nous-mêmes, il y eut un grand silence... Ils ne voulaient plus rien nous expliquer. Ma mère a balbutié : « Excusez-moi, le petit coin ? »

Celle qui se faisait appeler maman Freinet l'a conduite, j'ai suivi mais lui m'a retenu de force en disant que ce n'était plus de mon âge.

J'ai attendu sur une dalle de ciment et plus le temps passait, plus je gonflais. Brusquement j'ai senti toute ma solitude, j'ai crié sans bruit, j'ai suivi une allée et quand j'ai été seul j'ai laissé sortir ma détresse.

Je devais rester deux années sur cette colline, sous un soleil qui n'était pas le mien. J'ai continué à attendre et à compter les jours...

C'est sans fin l'absence, il n'a plus de durée le temps...

Ce soir-là, perdu au milieu des collines, m'est revenue soudain la phrase de Mamie quelques jours plus tôt :

« Vous voulez la tuer votre mère ? Vous ne voyez pas qu'elle n'en peut plus, qu'elle se traîne avec son ventre en feu ? Vous ne voyez pas qu'elle va faire un cancer du ventre du jour au lendemain à force d'être rongée de fatigue et de chagrin ? »

Sur le moment j'avais cru que ce n'était que des mots afin qu'on s'améliore. Je revoyais à présent son visage comme je ne l'avais jamais vu avant ce voyage en train : tiré, pâle, ailleurs, ses yeux froissés et creux. Alors j'ai compris qu'elle allait nous quitter.

Je me suis mis à marcher seul avec cette phrase accrochée à mon cou comme un grelot de chagrin. Quand j'allais à travers le sable des pinèdes, quand je mangeais le soir loin de notre cuisine, quand je faisais semblant de m'amuser, quand je m'éveillais chaque nuit dans le long dortoir qui domine le chemin escarpé que ma mère avait repris toute seule. Quand je l'oubliais, elle était encore là cette phrase de nuit, comme une ombre qui marche à côté de vous sans trêve, dans un pays où le soleil ne se couche jamais.

L'école Freinet : quelques bâtiments blancs dispersés sous des bouquets de pins ; des allées qui se promènent de-ci de-là sous des treilles tenues par des arceaux rouillés ; de jolis murets fleuris de lauriers-roses ; partout de minuscules carrés de jardin que les enfants retournent, petits paysans nus sous le soleil. Des cyprès noirs dans les coins de lumière comme des hommes à l'abri un jour de vent. Et puis au beau milieu un bassin d'eau verte où toute la nature ploie, velu de mousse, l'eau suinte à travers la paroi.

Brusquement ce sol en terrasses se dérobe à trois pas du bassin, c'est la falaise des gorges de la Cagne. Cette rivière se tord en bas avec fracas entre des roches obscures et des vasques de nuit. Là c'est un fouillis de grottes et éboulis que la broussaille étouffe ; trois pins y survivent agrippés sur l'abrupt dans l'éternel vertige du soleil et du gouffre qui depuis des lustres creuse comme un serpent son sillon ténébreux.

Sur cette échine de résine, d'odeurs rudes et de raisin, nous sommes trente-six éclats de cuivre dans un miroir de feu. Vint le temps des journées infinies.

Leur journée commençait par une brutalité : le père Freinet surgissait dans le sommeil du dortoir précédé de ses hurlements débonnaires, les draps volaient. Nous nous engouffrions tous tête baissée dans la farine du petit jour. Nous giclions à poil, la serviette à la main, des lambeaux de rêves accrochés aux yeux. La meute titubait vers le grand bassin vert.

Le premier matin je crus que nous étions soumis à des tortures ici. Il fallait plonger par tous les temps dans l'eau glacée de la nuit. Jusqu'au cou ! Ça nous brûlait le corps ! Nous en ressortions plus rouges que des écrevisses et pas moyen d'y couper ! Il nous avait suivis, ce nouveau père. Il guettait nos moindres faits et gestes, il fallait se jeter. Vraiment original cet homme avec ses manies de fouetter nos sangs et de prendre la maladie par surprise, de lui sauter dessus quand elle est dans son lit.

Toute sa pharmacie était là : l'eau glacée du bassin et les plantes qui s'y mirent, un point c'est tout ! Un peu d'argile verte pour colmater les plaies. Ensuite nous courions nous ébouillanter dans les vapeurs d'une étuve. Cet énergumène nommait ça le « choc ». Pendant deux ans il m'a fait le coup, lui ne s'y est jamais jeté dans le bassin, il y serait encore !

Venaient ensuite les corvées : balayer les premières feuilles des allées, faire son lit, son dortoir, ébrouer l'école quoi ! Enfin on s'approchait du petit déjeuner. Pas tout à fait quand même. Il fallait d'abord que chacun avale un grand bol de décoction amère. Jamais je n'avais connu d'aussi triste goût, ce fiel vous tordait la gueule pour la demi-journée. Entre ça et le choc nous avions trop peur de tomber malade.

J'en eus tellement marre un jour de la potion que j'entrouvris la fenêtre et balançai tout. Maman Freinet arrivant vers huit heures par-dessous le réfectoire la reçut sur sa tête blanche. Ils m'interdirent le petit déjeuner pendant une semaine.

Pas antipathiques pourtant ces Freinet, ils avaient leurs raisons. Leurs méthodes étaient modernes. Et puis surtout, surtout, ils ne touchaient jamais à un seul de nos cheveux.

En cette fin d'été les travaux ne manquaient guère, tout au long des belles journées cette communauté de petits s'agitait par les allées, un outil à la main. C'était là le second grand principe des époux : pas de santé sans le travail ! Ils s'y adonnaient au travail les gosses, ils faisaient tout ! Il fallait voir avec quelle ardeur et ingéniosité, fillettes et garçons mêlés reconstruisaient les murets qui vacillent, charriaient du fond de la Cagne des couffins entiers de galets, gâchaient eux-mêmes des pyramides de mortier, badigeonnaient de chaux tous les recoins que l'été a jaunis.

Dans les jardinets l'émulation était parfaite, on binait encore un brin la treille bourdonnante, sarclait, fauchait tous les cheveux calcinés de la terre et allumait des nuées de petits feux qui brasillaient encore à l'heure du coucher et que l'humidité apaisait en tombant des figuiers.

Je profitais de mon reste de vacances pour m'attarder, le cœur gros, sur ces langues de sable qui flânent sous les pins dans les collines rouillées de chaleur.

À quelques jours de là le père Freinet qui devait

m'épier me bondit dessus alors que je me débinais l'air de rien à l'heure où les travaux s'ébranlaient.

« Ben alors, où vas-tu, gros fainéant ? Je ne t'ai pas vu souvent la pelle à la main depuis ton arrivée ! Il faudrait tout de même que tu soutiennes un peu tes petits camarades, non ?

— Oui, monsieur.

— Appelle-moi papa Freinet comme tout le monde !

— ... »

Je dus faire semblant d'agiter une pelle jusqu'au prochain repas puis je repris mes chemins de collines, le cœur n'y était vraiment pas.

Un soir après le boulot les enfants se lancèrent dans une grande joute. Débouchant d'une sablière je les vis agglutinés autour du portique. Je connaissais le jeu. Ils prenaient leur élan, chacun leur tour, sur la grande balançoire et une fois là-haut ils sautaient le plus loin possible de leur siège volant. Deux garçonnets accroupis traçaient les marques là où chutaient les voltigeurs.

Il y avait beaucoup de cris et d'enthousiasme, des applaudissements, les champions se concentraient un peu à l'écart. Aux nuages d'animation que cette compétition levait, j'en saisis toute l'importance : une espèce d'élection du chef. Une sélection par le saut.

Je me dis que ça ne serait pas bête pour ma tranquillité dans l'école de frapper un grand coup tout de suite, de leur montrer ce que j'avais dans le ventre et, à l'avenir, terminé les ragots et crocs-en-jambe, sans compter mon lit que je refaisais depuis huit jours parce qu'ils en faisaient un portefeuille. Je m'avançai.

Du plus loin qu'ils m'aperçurent je sentis le quolibet : « Tiens le nouveau?... C'est le nouveau, chut ! On va lui dire de sauter... Tais-toi sinon on ne pourra pas rigoler. Ho ! Nouveau ! Tu ne veux pas essayer ? Tout le monde a déjà sauté, même les filles ! »

Je ne dis rien, je pris place au milieu des sourires. Ils me donnèrent les premiers élans. J'étais décidé à les moucher ces mariolles. D'en haut, je les entendais fienter :

« Eh ! Fais gaffe, t'as pas les yeux bien en face des trous !

— Te trompe pas de côté, c'est par là...

— Tu me vois, hou hou !

— Levez-vous de dessous il va prendre son envol !... ferme la bouche, tu vas avaler un oiseau ! »

Je continuais de pomper sur ma planche, à chaque sommet je voyais l'école dessous, en un éclair tout le vaste territoire dans le dernier soleil. Je montais encore... je voulais voir jusque chez nous, là-bas vers le couchant, mon jardin tranquille où personne ne venait se moquer de mes yeux.

J'étais en plein ciel. En bas un grand silence s'était fait, toutes les têtes s'écarquillaient vers mon vol, j'allais être une fois pour toutes leur chef, ça allait filer doux dans la communauté. Gaffe au bigle, fumiers !

Et je me lâchai.

Ça met un temps pour atteindre la terre un corps ainsi jeté. Il y eut un bruit sourd. L'univers devint blanc. Coton silencieux... Plus rien. Un certain temps dut s'écouler, je me rendis compte que j'asphyxiais, tout était bloqué. Bouche ouverte, rien ne passait. Mon dos avait reçu toute la chute. À la recherche de l'air je me tordis dans la poussière. J'étouffais. J'allais mourir quand mon armure se desserra un peu. Lentement, la vie circula dans ma cage, le soir se mélangea au fer.

Un petit mur m'aida à me relever. Une fois debout je sentis autre chose. J'étais tout chaud dans mon slip et sur mes jambes. Et l'odeur... Je m'étais vidé sous le choc. Ça coulait le long des mollets, énorme ! Les rires reprirent de plus belle.

« C'est le chef des cacaboudines ! C'est le chef des cacaboudines !... »

Les doigts pincés sur leur nez ils firent une ronde autour de moi. Ils sentaient et se pliaient en deux, ils en pleuraient. Ils se dispersèrent en s'esclaffant :

« Bouh... Bouh... Pouah... On ne peut plus respirer ici ! »

Je me souvins d'un vieux lavoir à l'autre bout de l'école, dissimulé sous les ronces et les figuiers sauvages. Au passage j'aperçus une petite fille, seule sous le grand chêne noir à côté du portique. Elle aussi avait dû tout voir, elle ne riait pas. Assise au milieu des racines elle souriait. Je filai vers le lavoir les jambes raides.

Avant d'aller me coucher je ramassai une poignée d'aiguilles de pin, j'en comptai trois cents, le nombre de jours qui me séparaient des prochaines vacances. Je mis le fagot dans ma table de nuit. Chaque jour, après, durant l'automne, je jetai une aiguille de pin comme on jette ses jours, d'abord le matin, discrètement, en sortant pour le choc, mais il me restait toute cette journée à tirer et je l'avais déjà jetée, alors j'essayai le soir et j'avais un jour sans fin à attendre cette heure. Pas plus gros qu'un cercueil d'oiseau ce fagot de mes jours perdus. Il me rattachait à nous.

Durant cet automne, je revis souvent la petite fille du chêne noir. Je l'avais déjà remarquée, seule au bout des longues tables pendant les repas, là où les plats arrivent vides après être passés par tous les goulus. Elle ne disait rien, elle pitait les restes, le regard lointain comme si elle voyait l'autre côté exact de la terre.

Le plus étonnant était sa main gauche ; elle tenait sous la table, serré contre son ventre, un bouquet de fleurs blanches. Ce maigre bouquet m'intrigua : quelques fleurs aux pétales de papier sur des tiges en fil de fer, comme on en fabrique parfois dans les travaux pratiques avec les bas troués des mères.

Cette fillette était dans l'école comme un seul cheveu blanc sur une tête d'enfant. Elle n'était pas dans son époque, aurait-on dit, elle passait.

Je me mis à la guetter perché dans l'arbre noir ;

elle aimait son chêne, c'est là que chaque jour elle me revenait. De ma branche c'était une petite robe claire, des cheveux courts, des yeux de souvenir. Et un sourire étrange comme une vérité qu'elle aurait découverte, sur nous et sur la vie, une vérité qui l'emportait si loin qu'elle ne nous voyait plus.

Parfois la bande de gosses déboulait devant elle en hurlant : « Réveille-toi Minot ! Réveille-toi, Minot ! »

Elle devint pour moi « la petite Minot » et puis « Minot petite fille ». Le matin, je faisais semblant de faire ma corvée, traînant derrière moi un balai dans une allée. Je me disais : « Après j'irai voir Minot petite fille. »

J'avais mon bouquet, moi aussi, d'aiguilles rousses dans la table de nuit, ça nous liait. J'étais sûr qu'elle sentait ma présence dans l'arbre. Ma vie était de me cacher, d'épier, d'être sur le qui-vive, de devenir sournois. Elle souriait.

Elle n'était pourtant ni aveugle ni sourde-muette, elle était quelque chose d'autre encore.

Cette rentrée scolaire que je redoutais tant est arrivée. En ce matin d'octobre partout dans le pays des paquets d'enfants attendaient tristement que l'on ouvre des grilles.

À l'école Freinet, il faut l'avouer, des grilles il n'y en avait pas. Nous nous sommes engouffrés dans la classe en désordre et en chahut, sans cartables, sans rangs et sans appels. Une école à discipline gentille. Chacun a choisi sa place, je me suis précipité contre la fenêtre où les pins viennent jouer si près de votre joue qu'on se croirait dehors. C'est ce qui m'intéresse en classe, le dehors : le soleil en mille épis frissonne dans les aiguilles, le rouge-gorge tourne sa tête dans tous les sens pour être sûr qu'il n'y a personne, le lézard passe la sienne sur le rebord de la fenêtre et disparaît brusquement entre les pierres tiédies. Voilà ce que j'aime dans la vie, ce qui se passe dehors et qu'on ne me demande rien.

On ne m'a pas demandé grand-chose. Les autres se sont occupés comme s'ils n'avaient jamais quitté la classe, ils se sont organisés par petits groupes pour faire de l'imprimerie, de la gravure et du dessin, ils s'expliquaient les choses comme des artisans. Ils pouvaient parler assez fort. Papa Freinet passait d'un groupe à l'autre avec un bon conseil, il n'avait pas de blouse et comme il était petit on aurait dit une classe sans instituteur avec des enfants qui jouent à être devenus grands.

Il n'y avait pas de livres, rien pour trahir les mauvais yeux. J'ai pensé qu'on ne lisait jamais chez les Freinet, quelle émotion ! Je suis resté tout le jour à ma fenêtre, ce fut la plus belle rentrée de ma vie.

Les jours suivants j'ai fait pareil, je suis revenu m'installer devant ma fenêtre et j'ai étudié tous les mouvements de l'herbe et du soleil. C'est passionnant les études quand on n'est jamais interrogé et que le cœur bat, sans cesse, à la même allure. J'en ai appris des choses sur l'automne, je pourrais le raconter par petits bouts d'instants et ne rien oublier de tout ce qui bouge, passe et s'en va lentement vers l'hiver.

Minot petite fille n'y venait pas à l'école, on ne lui disait rien. Dès que c'était fini je courais la rejoindre sous le grand chêne, je grimpais jusqu'à la cime où j'avais établi ma cachette. J'étais près d'elle et personne ne s'en serait douté.

De là-haut on voit tout, c'est le plus bel arbre de cette forêt, un éléphant noir et vert avec cent trompes gigantesques qui barrissent au ciel dans un silence de géant. Son écorce aussi est pachyderme, au milieu de ses nœuds on est plus fort que le temps.

Je l'ai vue d'une drôle de manière cette école, plus petite, plus faible, avec tous ses secrets que les coins dissimulent et que le ciel trahit. Je la connaissais du ciel, c'est devenu ma force.

Il y a les bâtiments d'abord, où l'on dort, où l'on vit, et les tonnelles et les sentiers. Au-delà des oliviers, Vence fait la tortue autour de son clocher. Tous les baous comme un hôtel de roc que les nuages fuient, et le soleil sur tout, lui seul plus haut que moi. Il y a la Corse aussi, je l'ai surprise un matin, avant d'aller en classe, elle m'a bouleversé. Elle était là, juste devant dans le temps clair, un cône noir surgi de la mer, si près qu'on pourrait appeler. C'est drôle le ciel comme il joue. Une lumière l'escaladait, peut-être un phare de voiture. Il faisait jour déjà sur les derniers rameaux du chêne et la Corse, là, semblait tout occupée à sortir de sa nuit. Par les matins clairs je remontais tôt à mon poste, je n'ai jamais revu l'île de mon grand-père, je savais qu'elle était là avec Papi dans la brume.

En classe ça va toujours, on les occupe les gosses, c'est dehors qu'ils se déchaînent. D'où j'étais les hommes et leurs enfants ne me faisaient plus peur, ils pouvaient comploter, ricaner, sévir, même les plus mariolles d'en haut n'étaient que des têtards.

Tout ce petit monde se mit à remuer sous moi sans s'en douter. Il y a non loin du chêne la cuisine de l'école et la belle Linda. Elle ouvre tout en grand dès l'heure où je grimpe dans mon éléphant ; elle est ample, brune et houle tout le temps parmi ses batteries, le cul des casseroles rutile sur ses seins mouvants, enflés et dévoilés même au gros de l'hiver. Quand elle sort dans le soleil étendre ses torchons c'est féerie de voir rouler ce corps. Et si bien fessue, mon Dieu, dans son tablier !

Lié à elle, si loin dans ma mémoire, il y a ce petit Noir qui doit venir d'Afrique on ne sait pas comment. Il s'appelle Tonio mais personne n'a connu sa famille. Qu'est-ce qu'il l'attend cette famille d'Afrique ! Pourtant il n'est pas triste, il joue, mais on sait qu'il attend.

Alors Linda qui sait bien que Tonio attend l'appelle chaque jour :

« Tonio ! Il y a quelqu'un qui te demande ! »

Tonio accourt le cœur dément du plus profond de la forêt. Quand il parvient haletant au seuil de la cuisine, on voit la main de la belle Linda tenant un seau passer par la fenêtre. Elle dit :

« Tiens, Tonio, va chercher du charbon ! »

Et ils repartent chaque fois, noirs tous les deux, lui et son seau vers le bout de l'école où ne les attend qu'un gros tas de charbon.

Tous les jours elle appelle avec la même phrase et tous les jours il accourt. Peut-être ne le dit-il à personne mais il pense que Linda est sa vraie maman, alors il repart vers son Afrique, vers ce tas de charbon.

Les mois passèrent sur ma branche, l'hiver rendit l'école encore plus nue en défeuillant les treilles qui voilaient ses mystères. Seul dans mon chêne je demeurais imprenable, car pour ces toutes-puissances il n'y a d'hiver qu'une vague rousseur. Chaque soir avant de m'endormir je jetais dans la nuit une aiguille de pin ; dès l'aube je courais vers Minot et je la contemplais, muette, qui contemplait le temps. Il passait donc...

On rencontre un peu tout dans ces pensions d'enfants ; c'est comme ça que je connus le petit Paul. Tout de suite il me fit penser à Quiquette-Bleue : petits tous les deux et arc-boutés autour de la même obsession, le sexe. Si petit, Paul, qu'on l'appelle Tipol dans l'école. Et une tête ! Une trogne si froissée, sale et cernée qu'on croirait voir arriver un cahier de brouillon. Des épis plus durs que le balai des cantonniers ; et vicieux avec ça, mais vicieux ! Plus vicieux qu'un vieux ! C'est simple, chaque fois qu'on le voit il se touche, moi je le vois tout le temps puisque je suis perché, alors pensez si je suis bien placé pour parler de Tipol. Il en est voûté de ce qu'il se tripote, il se déplace les yeux rivés à son quiqui d'une encoignure à l'autre. Ils ne font qu'un !

Il faut dire qu'il est très inquiet, il s'en ouvre à tout le monde. Il ne pisse pas comme tout un chacun en un jet unique, il a deux jets, lui, le normal et un autre. L'autre prend sa source sur le côté, là où c'est étanche. Alors il s'inquiète et fait voir à la galerie son urine qui part dans deux sens contraires. Il est obligé de placer l'observateur sur la gauche car c'est sur la droite qu'est le jet, sauf lorsqu'il veut faire tordre ses camarades, alors il fait semblant de faire contre le mur et celui d'à côté prend tout sur les chaussettes. Il se dit que c'est ça de gagné d'avoir un trou en plus pour épater les jets uniques. Au fond il est très tourmenté, ça le ronge, ça l'use.

Si torturé qu'il consulte sans cesse son orifice exceptionnel pour voir s'il ne s'agrandit pas et il avance cassé en deux. Quand il croise quelqu'un il dit :

« Viens voir l'anomalie, qu'est-ce que tu en penses ? »

Il n'attend même pas la réponse, il continue plus loin, profondément abîmé dans ses réflexions. Ils sont tellement devenus complices lui et son sexe, à force de se tirailler, de se maudire, que lorsqu'il le range un moment dans son slip les autres lui disent : « Ça va pas, Tipol ? »

Alors il y repense et court vite le regarder. Ça l'obsède tant qu'il le fourre partout. Le matin au choc il trouve la vigueur de l'enfiler dans le tuyau de fer qui remplit le bassin, ça bloque un instant l'eau qui explose en gerbes sous la pression. Il brame de bonheur. Papa Freinet chaque jour lui court après en le traitant de gros cochon ; ça n'empêche pas Tipol de faire obstruction le lendemain et les voilà repartis par les allées.

En hiver, à quatre heures, nous avons droit à un morceau de pain avec tantôt de la Vache-Qui-Rit, tantôt du chocolat. Je remonte goûter sur ma branche, les autres allument un feu derrière le dortoir et font griller, empalés sur des bâtons, les morceaux de pain. Tipol en profite pour glisser son sexe dans la mie chaude et douce qui croustille. Tous explosent. Il se penche et fait semblant de mordre dedans avec régal. Il n'y a que Minot dessous qui ne rit pas.

Un jour je fus de corvée de lait avec lui ; chaque matin deux d'entre nous apportent trois litres de lait à maman Freinet qui ne dort pas dans l'école mais à un kilomètre de là, dans une jolie maison de pinède qu'on appelle l'auberge. Elle se lève bien après son mari.

Tipol débouche une bouteille, fait descendre sa petite queue molle dans le goulot puis la fait gonfler grâce à des pensées gauloises. Alors il se balade comme ça dans le matin, la bouteille de lait suspendue. La joie le transporte, c'est sa corvée préférée.

Une bien étrange pension. Plus passaient les jours, plus les élèves devenaient artistes. Une fois achevés les tâches des jardins et les travaux d'été, ils se vouaient à l'art comme on se jette dans la grammaire dans les écoles strictes. On se déplaçait prudemment au milieu des génies ; partout les imaginations éclataient, il n'y avait même plus d'horaires en classe, chacun suivait au jour le jour son bon penchant, l'intuition de son œuvre. Les bâtiments frémissaient de création.

On tombait sur des salles tendues de papier blanc où des enfants inspirés s'avancent vers la toile un pinceau entre deux doigts, puis se reculent gravement comme dans les musées pour une vue globale. Ils échafaudent jusque dans les plafonds des formes bizarres où l'on ne comprend rien tellement c'est moderne, même si l'on reste longtemps. Les couleurs crient comme des chiens déments lâchés contre des murs. Une géométrie de sang ! Tous fans de Picasso, c'est comme ça que je le connus et Prévert aussi quand ils burent ses paroles.

Ces groupes d'inspirés ne s'adonnaient pas qu'à la fresque, ils se faisaient aussi des conférences, sur tout. Certains passaient leurs nuits devant un four à attendre que des formes d'argile surgissent au matin. Boulangers de la terre cuite, ils ne prenaient un peu de repos qu'après avoir défourné ces pains d'artistes.

Et tant d'autres merveilles que les tableaux, vases, céramiques… Ils construisirent un théâtre à ciel ouvert avec les galets de la Cagne. À lui seul ce théâtre piqueté de tous les mauves, ocres roux, indigos, vermillons et violets était un spectacle sous le soleil mouvant des pins.

Papa Freinet furetait insatiable dans cet arsenal

de méthodes actives qui éveillent les enfants. Il leur tirait du nez un jour ou l'autre la passion. Il allait leur répétant d'un groupe à l'autre, au long des saisons, qu'il préférait à des outres trop pleines des têtes bien faites, des mains expertes et des cœurs gorgés de couleurs. Plus les jours passaient, plus nous comptions pour du beurre dans cette frénésie, Minot et moi.

L'hiver n'est pas très rigoureux sur ce bord de mer, on le traverse vêtu de douceur. Les mimosas et les violettes sont déjà là en février, une semaine et voilà les narcisses. On sait qu'on glisse vers l'été maintenant, la tristesse est moins froide et moins sombre la nuit, les premiers parfums montent dans les dortoirs. On se surprend à espérer au détour d'une allée.

Je passais ces soirs assis près de Minot dans le silence des racines où elle était blottie. Je la connaissais mieux à présent, aussi bien que ma sœur ou Suzon, muette et calmement souriante, elle berçait à l'infini son enfant de fleurs blanches.

Une fois par mois une longue dame venait la chercher pour passer le dimanche. Elle arrivait comme une ombre dans le premier soleil, la prenait par la main, et j'attendais le soir qu'un taxi les ramène, le sourire éteint.

Pendant un mois la petite Minot attendait. Elle était bizarre ces lundis matin, beaucoup plus lointaine, elle se balançait d'avant en arrière, d'arrière en avant, sans arrêt, comme ces horloges dans les salles à manger des grand-mères qui vont et viennent derrière leur vitre en attendant la fin des temps.

Le soir noyait sa robe claire, on venait la chercher dans les racines pour regagner son dortoir. Je rejoignais le mien, ivre de son balancement je sombrais dans la nuit de printemps.

Un sourire touchait un matin le coin des lèvres de Minot. Sa pendule secrète allait se ralentir, je connaissais son mécanisme de détresse. Immobile dans le soleil elle ne berçait plus ses quatre fleurs. Je savais que ce dimanche la dame sombre reviendrait. Nous n'avions pas besoin de calendrier, son cœur nous disait le temps. Nous avons été heureux. Elle aurait pu me parler un jour, je sentais les mots au bord de ses lèvres, ces dimanches où la dame venait. Qu'aurais-je su de plus ? J'étais bien dans son mystère. Ce silence était notre art. Qu'est-ce qu'on a eu comme couleurs ces longs soirs écarlates sous des ciels insensés !

Moi aussi j'attendais ma mère deux ou trois fois par mois. Elle glissait vers moi par la poste dans une belle enveloppe blanche.

C'est à midi au réfectoire que l'on distribue les lettres dans les casernes et les pensions. Je m'empressais de la décacheter pour lire la dernière ligne sous la table, « je t'embrasse très fort, ta maman ». J'étais apaisé, elle n'était pas morte. Je la replaçais discrètement dans son enveloppe, sans la heurter, elle avait déjà tant souffert entre les mains de la poste. Je ne la lisais que plus tard, après le repas, seul dans une sablière pour savourer chaque mot avec tous les secrets qui ne se disent pas, que l'on devine. On reste parfois une heure sur un mot à le presser tendrement et il en sort des marmailles d'images qui s'en vont avec vous le long de ces après-midi tièdes et mélancoliques.

Il y avait toute notre cuisine dans l'enveloppe : l'usure de la toile cirée qui forme autant de dessins dans la mémoire, surtout quand le soleil vient y flâner au début du printemps. L'évier de pierre qui s'écaille, gravant un mince Chinois faisant du vélo sous le robinet avec son grand chapeau de paille.

Je revoyais tout soudain. C'est effrayant de détails la tendresse du souvenir, on voit même des choses que l'on n'avait jamais remarquées là-bas. Ça vous dure des jours une lettre, on n'a jamais tout vu, c'est un film infini sur un infime écran qu'on plie avec amour au fond des poches.

Avant de la ranger dans l'enveloppe je comparais longuement la forme des mots, leur course, leur jeunesse, avec les précédentes afin de me rendre compte s'il n'y avait pas quelque affaissement ou la maladie qui écrase la main malgré les gentillesses que l'on écrit pour rassurer.

« Vous ne voyez pas qu'elle va faire un cancer du ventre du jour au lendemain, à force d'être rongée de fatigue et de chagrin ! »

Elle était encore là cette phrase noire à me suivre

partout comme un tambour de mort, « un cancer du ventre ». Je le portais maintenant dans la tête ce ventre en feu, il battait contre mes yeux.

Je glissais la lettre sous le bouquet d'aiguilles rousses, je refermais ma table de nuit comme on referme la grille d'un jardin où l'on a son enfance.

Je répondais à ma mère des mensonges rassurants : « Ici je mange bien, je dors bien, je fais beaucoup de progrès. Papa et maman Freinet sont contents. Je vous embrasse très fort. »

Les jours passaient. Content, il ne l'était guère, papa Freinet, depuis tant de mois je ne m'étais pas encore décidé. Il me serra de près, perdit tout son temps à m'épier. Il voulait m'acculer coûte que coûte à l'élan créatif. Ma torpeur ne collait pas avec ses principes. Friand des grands mouvements d'âme, il avait en horreur les sournois.

Il tombait mal ! Je n'avais que ça à faire, guetter. L'affût était mon seul souci. Ma vie d'ailleurs je l'ai passée à monter la garde ; les coups fourrés je les entends venir deux ans avant. L'existence n'est qu'un piège, il faut surtout ne pas bouger.

Quand j'étais sous le chêne avec Minot et le soleil, je le sentais s'approcher à patelles de loup par-dessous les cuisines. Dans le coin de mon œil, le droit, je devinais son œil à lui qui débordait lentement l'angle du mur. Il se mettait à quatre pattes afin de ne pas déranger le paysage, je ne l'entendais plus respirer.

Alors je me balançais comme Minot, en chœur près d'elle : d'avant en arrière, d'arrière en avant... Sans fin. Deux horloges jumelles qui scandaient le néant. J'ai pris goût à la pendule, elle vous emmène vers le vertige, vers le bord du monde.

Il se retirait perplexe, à reculons, partait rejoindre les enfants géniaux. Je n'en ai pas un mauvais souvenir de cet homme, mon seul gentil instituteur. Plus enquiquinant que la pluie mais doux comme la laine finalement sous ses longs cheveux blancs ; un vieil artiste avec des mains de paysan.

Je n'allais pas pour autant me mettre à travailler, tout était payé dans l'école, vivre et couvert. Je me suis balancé. Quelle bonne trouvaille !

L'école devint toute verte au-dessus du bassin, le ciel flamba. Dès qu'on quittait la lisière des ombres, de plus en plus étroites le long des bâtiments, une lumière aveuglante vous transperçait les yeux. L'été arrive d'un coup sur cette côte, on est à peine au mois de juin que la terre vous jette au visage une poussière de craie, des fentes courent entre vos pieds comme des serpents noirs. Un souffle de chaudière boit à huit heures du matin la dernière goutte de rosée et pompe vers midi, férocement, la sève gluante des pins. Les cigales se sont remises à scier ces gros blocs de lumière, les dalles de calcaire éclatent.

Dès l'aube les gosses se ruaient dans le bassin. Ils y barbotaient jusqu'à la nuit avec des cris de joie, s'acharnaient des journées entières à chavirer dans tous les sens une immense chambre à air de tracteur où les plus fluets s'accrochaient par tous les ongles de leur corps.

En huit jours ils étaient redevenus des échardes de cuivre. Saillants d'écume et de chaleur, ils prenaient leur repas dans l'eau tiède, le pain en l'air. Le soir ils s'endormaient en tas dans le ventre apaisé de la bouée.

Je suis heureux quand le monde s'embrase et que la terre bout de toutes ses sueurs, les gens sont si terrassés sous l'haleine implacable qu'il y a toujours, défendue par un désert de feu, l'ombre paisible d'un figuier.

Je montais moins la garde en ce début d'été. Mes parents allaient enfin venir me chercher et mon bouquet d'aiguilles tirait à sa fin à force de patience. Que c'est bon l'été quand monte avec la résine, dans le cœur, ce bonheur du retour ; ce jour bouleversant que l'on a vécu dix mille fois dans sa tête à chaque instant de chaque jour durant les mois inépuisables.

On est debout dans le soleil et on attend. Il monte et il monte le soleil et on est debout au bord du chemin par où arrive le bonheur et on attend… Il est de plus en plus haut le soleil, de plus en plus bleu l'été et de plus en plus blanc le chemin où l'on attend.

C'est le facteur qui est arrivé.

Il y eut cette lettre dans le réfectoire un peu plus frais de midi, sur l'enveloppe je n'ai pas reconnu l'écriture gracieuse et timide de ma mère. J'ai décacheté en hâte et derrière la feuille j'ai lu : « Nous t'embrassons tous très affectueusement, Mamie. »

Je suis sorti en courant parce que je n'y voyais pas assez pour lire à l'abri de la lumière, mon cœur s'était mis à faire tant le fou qu'il fallait que je coure ou que je crie. Minot était assise dans les racines, elle se balançait dans la chaleur de midi. J'ai lu :

Mon très cher Jean-René,

Il m'est un peu pénible de t'écrire aujourd'hui pour t'annoncer des nouvelles qui ne sont pas celles que tu espérais. Je m'y résous sachant combien tu seras chagriné. Si je t'écris en effet c'est pour te dire ce que ta mère aurait dû t'expliquer depuis plusieurs mois, la pauvre est bien trop douce pour te causer la moindre inquiétude, surtout quand celle-ci la concerne directement.

Eh oui, ta mère se traîne depuis des mois sans oser l'avouer, la pauvrette a tant tiré sur sa vie afin que vous grandissiez décemment qu'elle vient de craquer. Mon seul étonnement est de constater qu'elle a tenu si longtemps. Parvenue au dernier degré de l'épuisement, une commission médicale l'oblige à cesser définitivement toute activité. Elle garde le lit une grande partie de la journée, ses forces lui permettent à peine de descendre un moment au jardin.

On ne pouvait pas te laisser seul là-bas dans une cruelle ignorance. En ces pénibles circonstances nous avons décidé avec ton père d'alléger au maximum le poids de la famille. Ange-Paul doit entreprendre une formation de plombier dès octobre ; je prendrai avec moi Catherine dans une petite maison que j'ai louée du côté de Forcalquier.

Ta place, mon enfant, est toute désignée dans cette école Freinet. Continue de faire ton possible pour parvenir plus tard à réaliser le plus grand espoir de ta mère, celui pour lequel elle s'est entièrement sacrifiée jusqu'à la dernière limite de ses forces, je veux parler de ces hommes droits, travailleurs et honnêtes qu'elle a toujours rêvé de vous voir devenir.

Nous t'embrassons tous très affectueusement,

Mamie.

Je suis resté debout au milieu de cette école, sous le soleil droit de midi. La glace prenait mon corps. Ma tête sonnait, sonnait dans le soleil dur. Il y eut une grande lumière noire et brusquement toutes les images de l'enfance avec ses jardins, ses étés, avec elle, usée et souriante sur les traverses de la vie, ma mère !

Alors je sentis que je devenais folle dans la lumière noire de l'été. Folle. Comme ma mère dans cette nuit d'hiver, courant vers ce canal. Folle comme ces folles qu'on rencontre dans les villes un après-midi de mistral, hagardes échevelées qui crient vers la mer des grossièretés sans nom que le vent emporte avec toutes les douleurs qui montent un jour de nos pauvres solitudes.

Les jours de cet été j'ai continué à recevoir le soleil sur la tête. Je marchais dès le matin sur la terre éclatée, une lumière obscure tombait partout. J'ai suivi les promenades de l'école. On nous emmenait par les prés le long des ruisseaux. Les enfants piaillaient sans arrêt loin devant. Papa Freinet avait dû lui aussi recevoir des nouvelles de chez nous, il me laissait traîner derrière.

Tipol avait constitué une bande de Sioux armés de lances, d'arcs, de flèches. Ils attaquaient tout.

Un jour que je restais debout au coin d'un champ à écouter ces braillements sauvages, il me sembla que Tipol fonçait vers moi avec ses cris de dindon fou. Dans l'élan de sa course il leva sa lance et la projeta sur moi en un dernier cri de fureur.

Je la vis aussitôt se planter entre mes pieds dans la terre grasse de ce coin de pré. Elle pénétra sans bruit. Le monde alors se troubla : le champ, Tipol, les autres plus haut, tout bascula... Je tombai lentement en arrière, le soleil flottait dans un étang de cendres.

Quand le paysage revint avec ses formes et ses bruits, les Indiens faisaient cercle autour de moi, un cercle de stupeur. Brusquement je vis la lance de Tipol, noire et épaisse, plantée dans mon mollet, en plein dans le muscle. Elle ressortait de l'autre côté de la jambe. Elle m'avait traversé de part en part. Je n'eus pas peur, je me relevai et commençai à tirer sur l'arme pour l'arracher mais je n'y arrivai pas, elle était coincée dans les muscles.

Tipol vint m'aider, il tira lui aussi, ça ne venait toujours pas. Ils s'y mirent à plusieurs, moi aussi je forçais, c'était comme si la lance était plantée dans la terre et pas dans mon corps, ça m'était égal.

Finalement à force de tirailler en tous sens elle vint, entraînant dehors avec elle tout ce que contenait ma jambe, un gros paquet de viande rouge pendit le long de mon mollet, le muscle était sorti avec l'arme. C'était un mélange de chair hachée, de fibres, de ligaments blancs et de tendons sectionnés.

Tipol avait fait un tel carnage qu'il se détourna pour vomir, d'autres s'enfuirent en criant. Papa Freinet qui flânait plus bas au bord de l'eau fut alerté. Quand il arriva le sang pissait par grosses gorgées sombres, on aurait dit le cou égorgé d'un cochon de Noël et son hoquet sanglant. Je me regardais me vider mais je ne pouvais rien, comme si c'était la terre qui saignait.

Il ne perdit pas son sang-froid, il me transporta jusqu'à une petite source qui coulait sous les noisetiers, me posa dans l'eau claire au milieu des galets et se mit à rincer la viande qui pendait comme un intestin hors du ventre. Il répétait : « Pourvu que ce ne soit pas l'artère… »

Très vite je fus assis dans une vasque rouge, cela me fit penser à notre quartier. Je revis le ruisseau ensanglanté de M. Morel le charcutier qui prend sa source devant sa boutique et traverse comme ça toutes nos rues avec les chiens qui lapent.

Petit à petit je sentis que je perdais des forces, le vertige revint. Il y avait le murmure de la source, les voix s'étaient tues. Le silence était aussi doux qu'un parfum de tilleul ou l'ombre d'un acacia dans un jardin paisible.

Je me souviens d'une camionnette, des cahots de la route, de ma chaussette visqueuse. Puis d'une chambre blanche. Papa Freinet fit autour de ma jambe un fourreau d'argile. Aucune douleur. Le sommeil m'emporta.

Je restai de longs jours seul dans cette chambre, j'étais bien. Par la fenêtre à gauche du lit je voyais le soleil vertical roussir les carrés d'herbes et ronger là-bas la façade de notre dortoir. On m'avait mis au bout de l'école, dans cet endroit isolé qu'on ne soupçonnait pas.

Tous les matins papa Freinet sautait guilleret dans la pièce, souriant il me palpait la jambe puis la regainait d'argile verte. C'était mon seul soin. Je ne pouvais plus la remuer d'un pouce tant mes muscles étaient sectionnés. La plaie me lançait sourdement.

« Heureusement que l'artère n'a pas été touchée, la lance a dû glisser dessus, sinon tu étais fait, tu te vidais comme un lapin », disait-il avant de rebondir dans le soleil.

Les jours s'écoulaient dans l'ombre à côté du brasier. Parfois je tentais de me lever, je posais délicatement ma patte meurtrie sur le ciment tiède, y pesais un peu... Elle ne répondait pas, semblait morte. Je me recouchais et je pensais jusqu'au soir à ma mère, je me trouvais bien égoïste de guetter ma jambe alors qu'elle était peut-être arrivée au bout de sa vie. Je lui écrivais que nous faisions de belles excursions aux alentours de Vence, que je saurais bientôt nager dans le bassin et que je l'emmènerais à la mer l'été prochain quand elle serait guérie et que nous serions tous réunis.

Un matin Tipol entra timidement, pâle, cerné, il murmura :

« Tu vas bien… Tu n'as pas trop mal ? »

Je ne lui en voulais pas. Pourtant, parce que je pensais à ma mère je lui dis :

« Moi c'est rien, mais toi ! Je peux bien te le dire maintenant puisque tout le monde le sait, ça va commencer par le trou malade de ton sexe, il va s'agrandir, s'agrandir, puis il va pourrir, alors il tombera et tu seras mort parce que c'est le cancer !… Je le sais, ma mère travaille au bureau d'hygiène, ça finit toujours comme ça ! »

Il sortit à reculons. Je le vis s'éloigner dans la fournaise de juillet. Je pensai à autre chose, ma jambe me faisait très mal.

Il faisait à peine jour le lendemain lorsque je fus réveillé par un grand remue-ménage. Ma fenêtre était bleue et partout dans l'école montaient des cris et des appels. Le soleil sortait du lit de la Cagne comme un abricot muscat sur de la soie en feu. Sous les treilles humides des groupes d'enfants couraient, entre l'affolement et le jeu matinal. On appelait Tipol… Des cris s'égaraient plus loin vers les gorges. Le soleil blanchissait déjà les abords et éclatait, pourpre, dans toutes les vitres. De nouveaux appels déchiraient le ciel calme.

« Ohétipol… Tiiipol ohé !… »

La chaleur pesait depuis des heures quand papa Freinet entra ruisselant, sa chemise n'était qu'une eau et son pantalon s'obscurcissait d'auréoles sombres.

« Ah ! tu en as de la chance toi de te dorloter comme ça à la fraîcheur ! Depuis ce matin on court comme des perdus dans cette étuve, je n'en peux plus ! On grille dehors et on étouffe. Ouf… »

Il s'effondra sur le lit. Il s'épongeait la nuque, le front et ses cheveux blancs, ça coulait toujours.

« Je suis en nage ! Et tout ça pour ce farceur de Paul. Il a disparu depuis hier, le lascar, son lit n'est même pas défait. »

Lorsqu'il fut un peu remis il traita ma blessure à l'argile : un bel emplâtre vert. Des gouttes froides tombaient de son front sur ma peau boursouflée. Il reprit haleine et tête baissée fonça dans l'étuve.

« À demain, coq en pâte ! Ah ! le garnement, le garnement ! Dans quel guêpier il est encore allé se jeter… »

Le four l'avala.

La canicule s'engouffrait avec tant de rage que je me rendormis sur le drap moite.

Toute la nuit nous eûmes de beaux orages d'été, d'incessants éclats de nacre criblèrent les bâtiments tassés sous le fracas. Tipol n'était pas rentré.

Aux premiers cris de l'aube le ciel s'échancra. Maman Freinet apparut au fond d'une allée détrempée dans ce matin de terreau qu'on retourne et de fleurs aux parfums saccagés. Elle semblait tirée sous les treilles, étrangement, par quelque chose qu'elle tenait du bout des doigts et que j'avais du mal à discerner du coin de ma fenêtre. Elle sillonna ainsi l'école jusqu'à ce que la chaleur se hisse sur nous, absorbe d'un coup tous les ruissellements et ôte à chaque feuille sa parure d'eau.

Tous les enfants s'étaient massés derrière elle

comme autant de brebis dans le sillage calme du berger. Ils allaient.

On chuchotait des mots magiques ; ce n'étaient plus ces cris vers Tipol englouti quelque part dans les gorges, on murmurait des paroles de sorcellerie. Maman Freinet tenait son pendule ! Ce merveilleux pendule dont tout le monde racontait les exploits sans l'avoir jamais vu. Il existait donc ! Il oscillait au bout de sa main d'os et les tirait aveuglément vers le mystère de Tipol.

Un léger point d'or se balançait au bout d'un invisible fil et attirait en avançant tous les dards du soleil.

La cérémonie devint vraiment étrange quand on s'aperçut que cette oscillation menait chaque fois non pas où se terrait Tipol mais vers un mouvement tout aussi obsédant, celui de Minot. Et la troupe achevait son errance au pied du chêne noir.

Minot ne semblait pas les voir, elle se balançait assise, au rythme exact de ce pendule. Tous demeuraient muets. La petite fille et le point d'or vivaient d'un même obscur secret.

Tout l'après-midi les recherches au bout des pinèdes menèrent ce troupeau et son berger toujours et encore devant le petit corps absent. Alors, dans le déclin du jour et la lassitude, on s'apprêtait à rentrer quand Minot se dressa et partit à travers la campagne, droit devant, comme si quelque chose appelait au-delà des collines et qu'elle seule entendait.

Intriguée maman Freinet la suivit de loin. Toute l'école repartit derrière ce fantôme.

L'enfant avançait dans le soir, on voyait au coin des champs les fermes blanchir sous le ciel noir. Au bout d'une heure à travers des clôtures et des morceaux de routes tout le monde arriva à la source où papa Freinet avait lavé ma jambe. Minot s'était immobilisée devant un tas de bois mort. De là-bas dessous, dans la nuit, sortaient des râles.

On le tira des branchages, tremblant de tous ses os, claquant de froid, de faim et de terreur, trempé sous le bois pourri. Il ressemblait à son crâne, ses yeux étaient dehors.

Comme moi un mois plus tôt, on le porta un peu plus haut sur la route où un paysan le prit sur son tombereau et le ramena à l'école.

Il resta longtemps derrière ma cloison, dans une chambrette voisine, le temps nous réconcilia. L'automne revint. Je marchais lentement sur ma jambe malade, lui se remit à tripoter son sexe, nous devînmes bons amis sous les feuilles qui tombent. Nous avions chacun, de l'autre, une cicatrice, une borne sur le chemin de nos vies.

Nous sommes restés le plus possible dans nos chambres, nous y étions bien. Je marchais à peu près sans pouvoir poser le talon, mes tendons s'étaient sans doute ressoudés un peu courts. Nous nous acoquinâmes. À force de se tirer le sexe il en faisait jaillir du jus dix fois par jour. Moi rien. Il m'expliqua que je n'avais pas assez d'images dans la tête. Comme les filles se levaient les premières pour aller tranquillement se tremper dans le bassin, nous nous levâmes à l'aube. Nous nous postions derrière les figuiers et quand elles plongeaient grelottantes et nues dans cette eau d'hiver, nous nous rincions l'œil avec des coups de coude, puis nous rentrions vite dans nos petits chez-nous au bout de l'école pour voir s'il m'en venait maintenant. Jamais rien n'est venu. Encore plus consterné que moi, il disait : « C'est moi qui ne suis pas normal, d'où il vient tout ce jus ? »

Minot était devenue créature magique depuis le soir où elle était allée droit à Tipol, déroutant le pendule. Passant près d'elle les gosses baissaient la voix. Malgré ses yeux d'aveugle et sa bouche muette rien ne lui échappait.

Au fil des jours ils grossirent tant son pouvoir qu'il en devint maléfique. Cette enfant pouvait tout ! La petite fille ne cachait-elle pas une sorcière ? Et le grand chêne noir ? Le seul à garder ses feuilles durant les pires hivers... Il allongeait ses jambes pour protéger l'enfant maudit.

Dès lors chaque coin de l'école abrita contre elle un complot. Jusqu'au fond des bois ils se mirent à débiter des sornettes : la nuit il n'y avait pas un nez dehors dans la cité de l'épouvantable fée.

Je la croisai un matin, éperdue, dans une allée de l'école. Ça me sauta aux yeux : elle n'avait plus, serré contre son ventre, son bouquet de fleurs blanches. Ils le lui avaient volé.

Pendant trois jours elle erra dans les buissons. Ils riaient. C'était donc ça la magie ! Ces pauvres fleurs de papier et de fil de fer.

Comme Tipol elle disparut à force de fouiller à quatre pattes sous le jour et sous la nuit toutes les ginestes impénétrables où ne gîtent que les couleuvres et les renards. On n'entendit plus le bourdon de la méchanceté ; les Freinet alertèrent les gendarmes de Vence.

Le dimanche à la tombée de la nuit le fourgon entra dans l'école. Ils assirent l'enfant dans le réfectoire et je vis à travers la vitre, celle par où les gosses m'avaient observé le jour lointain de mon arrivée, qu'elle était maintenant complètement perdue, son balancement s'était déréglé. Ils avaient fait d'elle une vraie folle.

On apprit qu'ils l'avaient retrouvée à l'endroit où la Cagne se jette dans la mer. Elle avait suivi la rivière jusqu'à la fin, à travers les cascades et les falaises d'ombre, les ronces l'avaient épluchée.

Désormais elle n'alla plus se blottir entre les racines, on la voyait passer comme un chiffon que le vent malmène dans les chemins. Ses mains aussi étaient devenues folles, elles battaient derrière elle : deux ailes cassées qu'elle ne pouvait plus ramener sur son corps pour protéger ce bébé de fil de fer et de papier. Elle était seule au fond du vent, de la douleur et de cette autre chose qu'on ne saura jamais.

Nous eûmes beaucoup de pluies au printemps. Terre et ciel étaient mêlés dans l'eau. Parfois on butait sur un bouquet de lilas, mauve sous l'immense drap gris. Quelques oiseaux se noyaient dans les buissons, quand ils voulaient chanter c'était des bruits d'ailes, d'eau.

Un jour les Freinet me convoquèrent chez eux, à l'auberge. Ils me dirent qu'à la rentrée ils ne pouvaient pas me garder, il n'y avait plus de classe pour moi, j'étais devenu le plus grand de l'école. Ils me tendirent un papier : j'étais admis sans examen en classe de sixième dans le premier lycée pilote de la ville de Marseille, afin que je ne quitte pas les méthodes modernes. Je devrais travailler tout l'été, ajoutèrent-ils, si je voulais tenir. Mes parents avaient été prévenus, ils viendraient me chercher à la fin juin.

J'étais si heureux en revenant vers l'école que je sautai sur un âne dans un pré et le rendis dingue tant je criais ma joie, accroché à ses oreilles. On fonça dans les champs avec des cris de bonheur et des ruades de panique.

Le beau jour arriva. Je n'en pouvais plus de patience. Les minutes pesaient des après-midi.

C'est mon père qui déboucha du raccourci. Je vis de loin sa grandeur maigre. Ce devait être son jour de congé. J'avais ma valise à la main depuis trois jours. Il voulut dire bonjour aux Freinet par politesse et pour se désaltérer mais je lui annonçai que tout était réglé, papiers, affaires, tout. Il fit un demi-tour haletant et nous repartîmes comme des voleurs. Sa tête était devenue blanche en deux ans. Dans son costume fané de vingt ans il ressemblait à un vieux qui n'a pas fait jadis sa communion solennelle et qui s'en va parmi les champs la faire un matin de printemps.

Quand nous arrivâmes au fond du vallon je me retournai pour voir une dernière fois les bâtiments blancs où j'avais erré et vécu pendant ces deux années. Je vis en haut du raccourci une infime silhouette qui regardait vers nous. C'était la petite robe bleue de Minot qui était venue là, au bord de mon départ, comme une enfant qu'on laisse aux grilles des pensions et qui s'affaisse sans un sanglot, les yeux noyés de larmes.

Je compris que le bonheur ça n'arrive jamais. J'avais attendu des mois pour voir le dos de mon père ployé sous la valise et m'emportant chez nous, maintenant que ça y était, qu'on suait tous les deux vers le train, je sentais mon cœur se serrer. Elle était encore là, Minot, en haut de la côte, mais la vie mettait entre nous les vallons ténébreux de l'oubli.

Il faudrait rester au même endroit et ne jamais quitter l'herbe où l'on s'assoit, le chat que l'on caresse, les chaussures qui nous ont si longtemps protégés, toutes les laines qui nous étreignent à travers les saisons; il faudrait tout garder dans un coin de la terre et que la vie s'arrête de passer.

Nous sommes arrivés chez nous dans un beau soir doré. Ma gorge était si nouée, en montant l'escalier, par toutes ces odeurs d'enfance qu'en entrant dans la cuisine personne n'a pu parler. Pendant un bon quart d'heure nous avons remué les chaises, les objets et encore ma valise, nous

nous sommes bousculés, nous cherchions à tâtons des mots.

Sans finir de sourire je voyais ma mère trébucher de bonheur. Elle était devenue, avec ses yeux brûlants, une bête douce et résignée. Elle était plus petite qu'avant, la cuisine aussi et le jardin par la fenêtre ressemblait malgré les herbes folles du printemps à celui d'une poupée.

Seuls les yeux d'Ange-Paul avaient encore grandi, deux lacs d'étonnement me fixaient comme un qui tombe de la lune. C'est une vie deux ans quand on s'est vus grandir ! C'est par le regard d'abord qu'on se retrouve.

Nous sommes passés à table tandis que le soleil entrait dans la mer, il y avait la chaise en paille vide de Catherine qui devait se mettre à table, elle aussi, quelque part du côté de Forcalquier.

Octobre arriva. Je filai avant le jour afin de ne pas être en retard la première fois. Il fallait que je prenne deux bus pour atteindre le lycée à l'autre bout de Marseille. On avait supprimé les pavés et les tramways pendant mon absence. J'eus l'impression de rouler jusqu'au tonnerre de Dieu, je comptais et recomptais les arrêts pour être certain de ne pas rater le bon.

À mesure que le bus se remplissait, une odeur de cartable m'empoignait la gorge. Tous avaient une tête de petit génie. Je manquai l'arrêt. Je courus en sens inverse pour attraper le deuxième bus, mon sang se mit à faire tant le fou que je renversai dans des clous une grosse dame et son cabas, elle hurla. Je ne me retournai pas.

J'attrapai de justesse le car de ramassage spécialement affrété pour le lycée. Nous entrâmes dans les beaux quartiers : petits châteaux plantés au milieu de pelouses, arbres obscurs au bord des avenues.

À chaque arrêt montaient gravement les enfants de Michelet et du Prado, les enfants des grandes familles de Marseille. Ils se connaissaient tous, se saluaient poliment, lançaient des phrases de soie, des regards d'intelligence, on aurait dit des professeurs. Même le chauffeur les accueillait avec respect, pas comme sur notre ligne où il criait toujours « Serrez sur l'avant ! ». Il attendait, souriant, que tout le monde ait pris sa place pour repartir, je me demandais vers quel lycée nous glissions avec tout ce respect et je sentais venir la colique. Ah ! les Freinet avaient vu ça de loin, « un lycée pilote... ». Ils ne connaissaient pas notre quartier !

C'étaient des bâtiments de pierre et de vitres dispersés dans les pins en surplomb de la mer. Une sirène mugit ; claquant des dents je cherchai ma sixième. Les groupes s'écoulaient à l'intérieur des classes. Je finis par apercevoir mon nom sur une liste, j'étais le dernier dans un immense couloir. Tout le monde était déjà assis quand j'entrai, je dénichai une place près d'une jeune fille et m'y posai. C'était mixte.

Le professeur fit l'appel. Ma voisine était une longue fille digne, pure et nattée de soleil, elle répondit « Présente » d'un joli accent clair et pointu. Quand j'entendis Brandoli je voulus faire comme elle mais je m'étouffais, alors je dis « C'est moi ! ». Tout le monde se retourna. J'étais repéré ! C'est incroyable comme on ne peut pas tricher dans un groupe, j'avais dit deux syllabes et tout le monde m'avait reconnu comme quelqu'un d'autre, quelqu'un qui viendrait d'un quartier où on a l'accent d'ici. Je compris à l'instant que j'étais condamné, ça ne pardonne pas, l'accent de chez nous, ça vous dénonce toute une vie dès que vous ouvrez la bouche.

Ma voisine s'appelait Jacinthe Esgonnière du Thibeuf. Je mis une semaine pour m'en souvenir en le répétant régulièrement à voix basse.

Le professeur distribua des imprimés où il fallait inscrire : Nom, prénom, adresse, profession des parents. Mon ventre fit le bruit d'une deux-chevaux qui a du mal à démarrer. Esgonnière me toisa. Je ne pouvais tout de même pas écrire, mère : en longue maladie. Père : attrape des rats sur les quais. Comme Papa nous parlait souvent des cargos d'oranges et de bananes qui arrivent d'Afrique, j'écrivis, père : Import-Export. À mère, rien. Je pensai à elle en regardant mes souliers neufs, cirés du matin, sous ma table ; ils n'avaient qu'une hâte, retourner vite au bercail.

Les jours suivants ce fut pire, les professeurs avaient la manie de faire lire la classe à haute voix. Ma torture recommença. Je n'allais pas me ridiculiser en portant des lunettes devant ces belles jeunes filles, j'aurais eu l'air de quoi ? Une fois de plus je fis l'andouille pour laisser croire que mes souliers, mon accent et mes yeux, c'était pour rigoler. Ils rigolèrent ! Ah ça, je n'en loupai pas une ! Du matin au soir je fis le pitre comme ce n'est pas permis !

Dès huit heures je me composais une tête et entrais en classe comme si j'étais le prof que nous allions avoir. Je m'installais à son bureau, ouvrais ma sacoche avec tous ses tics, son accent, sa démarche : « Take your book d'anglais, pliiiiise mister dam ! » Et je me fendais d'un strabisme. La classe entière était écroulée, elle se tenait les côtes. Ils n'avaient jamais vu ça, ces cons, dans leurs grandes familles pincées. Ils me trouvèrent génial, je ressemblais à Fernandel.

Cela mettait aussi en joie toutes ces jolies filles des petits châteaux qu'on voyait en venant. J'avais trouvé ma force, ils ne riaient plus de moi, c'est moi qui les faisais rire. Même Esgonnière du Thibeuf en laissait échapper des sourires « Pfuiff... ». Sa fine menotte pâle tout de suite sur sa bouche. Je la guettais. Elle se ressaisissait vite, cette asperge racée.

Parfois le vrai prof surgissait et ses yeux lui sortaient de la tête. Il pivotait aussi sec et filait dans le couloir. Je courais à ma place sachant que trois minutes plus tard le surveillant général allait débouler. Un silence de mort foudroyait ces adultes petits, ils n'avaient rien fait, eux, mais ils serraient les fesses encore plus fort que moi.

M. Branqui déboulait, écumant, les doigts déjà crochus, il m'empoignait par les deux oreilles et nous foncions dans les couloirs déserts. On tournait à gauche, à droite, la porte de son bureau claquait et il pilonnait sa grosse armoire de fer avec ma tête. Il scandait les coups de hurlements maladifs : « Toujours-le-même-toujours-çui-là !... »

Il m'enfonçait le crâne dans la ferraille jusqu'à ce que tous les dossiers se décrochent des cintres. Depuis la ratonnade de Bombardier quelques années plus tôt, j'étais blindé, je faisais boule et j'attendais.

Un grand nerveux, vicieux, cet enfoiré général, un malade dont on se sert pour les corvées spéciales. Court, sec, pétant, Branqui était corse, moi aussi à soixante-quinze pour cent. Le sang ne joua pas, je devins sa bête noire dans tout le lycée. Il vivait pour me traquer, les avertissements plurent. À trois, nous passions devant le conseil de discipline, à six nous étions renvoyés trois jours, à neuf : huit jours, à treize nous étions virés définitivement. À la fin octobre j'en avais déjà huit. Dépassés, ils convoquèrent mes parents.

Ma mère s'y rendit malgré sa fatigue, elle était plus présentable que Papa, elle savait un peu parler. Elle revint effondrée : j'étais un mauvais élève, une mauvaise conduite, un épouvantable paresseux, en un mois j'avais foutu en l'air le bel ordre studieux de la classe, si je persévérais je n'aurais plus ma place au lycée.

Ils ne me firent même pas la morale, ça ne servait à rien. Nous mîmes la table, nous nous assîmes, nous ne touchâmes à rien.

Peu de jours plus tard, vers le début de novembre, le malheur s'abattit sur nous à cause de quelques kilos de café que mon père n'avait même pas volés.

J'arrivai du lycée vers sept heures du soir, il faisait nuit depuis belle lurette ; que vis-je en ouvrant la porte de la cuisine ? Deux gendarmes qui occupaient tout le volume. Personne ne parlait, mon père était debout, prêt à partir avec son vieux costume et ma valise orange, celle de l'école Freinet. Le plus gros des deux gendarmes rompit le silence.

« Bon, je crois qu'il vaut mieux y aller tout de suite. »

Ma mère sortit de la chambre tenant quelque chose qu'elle fourra dans la valise, elle pleurait. Le gros gendarme posa sa main sur ma tête.

« T'en fais pas, petit bonhomme, on ne le gardera pas longtemps ton père. »

Ils descendirent l'escalier. Nous les suivîmes. Je ne savais plus ce qu'il m'arrivait. Les voisins sortirent sur le trottoir et aux fenêtres. Il y avait autant de silence que là-haut dans la cuisine. J'eus l'impression qu'ils emmenaient mon père pour l'enterrer.

Le gros ouvrit la porte d'un fourgon bleu garé à côté sous les platanes et ils le firent monter. Il y avait de plus en plus de monde, même les bistrots s'étaient vidés. La douleur dévorait ma honte. Les portes du fourgon claquèrent et il s'éloigna dans la nuit. Au bout de l'impasse on vit s'éteindre la tête blanche de mon père. Nous rentrâmes chez nous sous les chuchotements qui montaient de la rue comme une brume de méchanceté.

Ils l'avaient arrêté le matin avant le jour, au sommet de la montée de Saint-Jérôme alors qu'il revenait des quais. Deux hirondelles à vélo. Ils avaient trouvé ces kilos de café dans ses sacoches; l'affaire dépendait de la gendarmerie.

Mon père avait bien raconté toute la journée qu'il ramassait ces grains de café un par un dans les hangars autour des sacs percés. Il les ramassait depuis des semaines ces grains perdus pour tout le monde sauf pour les rats. Ils n'avaient rien voulu entendre ces fumiers! Le jour même la chambre de commerce l'avait foutu dehors.

Ce que nous comprîmes les jours suivants, c'est qu'un gardien de nuit sur les quais, un certain Rodriguez, l'avait enfoncé. Depuis le temps qu'il convoitait cette place pour son beau-frère, enfin il la lui avait obtenue, perfidement il avait tout envenimé et nous ne pouvions rien.

Mon père venait de perdre la meilleure place de sa vie et le respect. Il les avait bien ramassés un par un ces grains, ça lui faisait passer rapidement une partie de la nuit. Il aimait ce jeu d'enfant.

Depuis cet automne quand apparaît un fourgon de gendarmes dans une ville ou sur une route de campagne, je le suis des yeux un moment pour voir s'il y a quelqu'un dedans qu'on amène, seul, dans la nuit des prisons.

Cette nuit-là je sentis monter la haine. Quatre grains de café et nous perdions tout : une place, un salaire, nos projets, l'avenir, tout. C'était pire qu'avant, pire que jamais, pire que pire ! Il allait falloir survivre avec la petite pension de ma mère et ce déshonneur qui brusquement éclaboussait la famille. Je m'en foutais du déshonneur et de la honte ! Ah ! nous étions des voleurs ! Avant le jour je décidai que nous ne manquerions de rien, que nous vivrions comme avant et même, puisqu'ils l'avaient cherché, que nous vivrions mieux. Mieux que tout le monde ! Ah ! nous étions des voleurs, des bandits ! Eh bien, ils allaient les planquer leurs portefeuilles. Main basse sur tout ce qui brille ! Nous finirions pleins aux as. On cracherait sur les voisins et quand ils auraient un pépin on les enfoncerait dans leur merde !

Je serais dans les rues un morceau de nuit qui rôde, guette, frappe et puis qui disparaît parce que tout n'est que nuit.

Le pillage commença le lendemain. Personne ne rigola ce jour-là lorsque j'entrai en classe. Je me carrai à ma place près d'Esgonnière et je laissai toute la matinée les profs se suivre et caqueter. À partir de ce jour je ne dis plus un mot, j'attendais les récrés pour opérer.

La meilleure est celle entre midi et deux, les lycéens sont fous de joie, ils ont bien bouffé à la cantine, ils ont le temps, ils courent partout après eux-mêmes ou des ballons. Ils sont dans l'innocence, c'est là qu'il faut frapper !

Je m'assois sur le rebord des fenêtres au rez-de-chaussée où ils jettent leurs cartables avant d'aller crier. Je vise le plus beau, ses soufflets de cuir brillent. Je m'installe juste devant, j'observe si tout le monde joue, je fais mes yeux mi-clos de la digestion lourde. Pendant ce temps ma main par-derrière travaille. Elle décroche les boucles : clic, clic. S'insinue dans le cuir, palpe les recoins à travers les cahiers, tombe enfin sur la chose. Parfois c'est un porte-monnaie, je l'empoche tel quel et je pars flâner un peu plus loin. Parfois c'est une trousse neuve avec tous ses compas, un stylo-encre à plume d'or. Seule dans le cuir ma main trie et décide, je ne pars jamais bredouille. Je fais comme ça au milieu des cris, des rires et du bonheur, trois, cinq, dix, quelquefois quinze cartables et entre chaque prise je vais planquer mon butin. J'ai déniché au fond du lycée, dans un recoin du parc, une sablière où personne ne va. C'est là que j'enterre mes prises dans un cartable énorme que j'ai volé. Il n'y a pas grand-chose dans les porte-monnaie, ce que donnent les parents pour acheter un livre, un cahier, une glace à quatre heures, mais toutes ces pièces réunies commencent à tinter.

Au bout de quelques jours j'ai changé de bâtiment, des bruits de vols circulaient, les élèves s'étaient plaints. M. Branqui a affiché une note sur toutes les portes. Je suis allé voir du côté des grands, plus bas. Là ils laissent plutôt leurs affaires dans les classes. Il faut repérer une fenêtre entrouverte, flairer, tourner, revenir mine de rien et quand tout est calme, hop ! Sauter en un clin d'œil dedans. Pas question de lambiner, tout n'est qu'intuition. Viser un seul cartable. Lequel ? Les signes sont infimes, ça ne s'explique pas. Ce ne sont ni les neufs ni les plus opulents, c'est là, on le sent. On bondit dans le silence et en un tournemain on le dépouille de sa perle. Hop ! On est dans le soleil, dans l'automne, on repart sous les pins ; ça y est, c'est dans la poche et on sent que c'est gros.

Chez les grands de terminale ça vaut le coup. Ce n'est pas cent balles qu'ils ont, mais des billets pour les fringues et les disques qu'ils achètent en sortant.

Je me suis mis aux sacs de filles, les grandes. D'abord parce qu'elles sont coquettes et que ça coûte cher, mais surtout parce qu'elles n'ont pas de poches, tout est dans le sac. C'est fou ce que j'ai appris sur les sacoches en un mois et demi, on peut voir à travers ce que l'on va trouver, sans y avoir touché. Je les attends toute la sainte journée ces récrés. Je regarde les profs bien en face, ils me croient devenu attentif. Je ne les vois pas ; passe dans mes yeux toute la maroquinerie rousse, tendre, fauve et délicatement douce ; un défilé de mode. Je les déshabille une par une ces femmes et sous le cuir chaud il y a les porte-monnaie. Je rêve jusqu'au soir et je repars chez nous, heureux.

Quand le cartable enterré fut plein à craquer, j'entamai le transfert de fonds vers la maison, par petites doses cachées dans mon slip au cas où il y aurait eu une fouille à la sortie du lycée. Ces paquets sur mon ventre m'obligeaient à rester debout dans le bus, mais quel confort ils allaient nous assurer avec un peu de patience !

Lorsque j'arrivais à la maison, je ne montais pas directement à la cuisine, à pas de loup je me glissais jusqu'à la cave. J'enfouissais mes larcins dans les cartons poussiéreux. Je ne pouvais pas en parler à ma mère, elle serait morte de terreur et de honte, il fallait bien pourtant que quelqu'un assure notre avenir. J'avais mon plan : laisser grossir le stock puis revendre. Peut-être que mon père en prison se faisait des relations, comme il était moins à cheval sur les principes il serait peut-être très heureux de découvrir tout ça en sortant. En attendant ma mère allait le voir tous les jeudis aux Baumettes, l'avocat avait confiance.

À quelques jours de là, pendant une étude, je sortis prendre l'air, rôdai du côté du stade. Des lycéens couraient sur la cendrée en se passant le témoin, très excités, il faisait beau. Les vestiaires étaient ouverts, j'y entre. Personne. Je tâte un peu les poches en sifflotant, y puise quelques pièces, je tombe sur une montre, encore un portefeuille, parfait ! J'arrive ainsi devant un blouson de daim, une merveille ! Je le décroche et pfuitt, ni vu ni connu je t'embrouille, en route vers la sablière. Il était trop grand pour moi, tant pis, bon pour le stock !

Ce fut la goutte d'eau qui fit tout déborder. Dès le lendemain une vraie révolution dans le lycée, les pions partout sur les dents. Branqui saute d'une classe sur l'autre, plus pivoine que jamais. Il met en garde, appelle au calme, à la vigilance, menace, fulmine. On voit que la directrice lui a tiré les oreilles.

« C'est une honte ! Les familles se plaignent, les élèves arrivent en pleurant ! La réputation de ce lycée tout neuf en danger. Nous serons obligés de faire intervenir la police ! Il faut arrêter la brebis galeuse, que tout le monde ouvre les yeux ! »

J'ai l'impression qu'il me fixe particulièrement, peut-être parce qu'il a pris l'habitude lorsqu'il bondit dans notre classe de regarder directement vers moi. Les pieds glacés je le fixe aussi. Il continue, « Et patati patata... ». Il repart s'empourprer dans la cage suivante.

Il m'avait peut-être à l'œil, je fis semblant de jouer avec les autres aux récrés, je surveillais les pions.

Je profitai de cette pause pour faire l'inventaire un jeudi dans notre cave et pour ranger. Je possédais déjà :

Trente-deux stylos à plume
Six boîtes à compas
Deux montres de fille
Une montre de garçon
Un bracelet (fille)
Huit portefeuilles en cuir
Un blouson en daim de garçon (premier choix)
Quatre parapluies (hommes)
Trois shorts
Une trousse à maquillage
Quatre pull-overs de garçons
Seize 45-tours
Un couteau à huit lames

Et pour le fric : Plus de deux salaires de mon père.

Les semaines suivantes j'étouffai encore quelques bricoles; je ne touchai plus aux cartables, j'avais la sensation qu'ils étaient tous piégés.

Un jour tout de même entre midi et deux je me faufilai dans le laboratoire de sciences naturelles et sans calculer bourrai ma chemise de toutes les loupes qui se trouvaient sur le carrelage blanc, celles avec lesquelles on nous faisait voir le sexe des oursins et le manteau de la moule. Parvenu à la sablière j'en comptai seize. Belle prise!

Deux jours plus tard je piquai les lunettes du prof d'anglais sur le bureau, comme ça en passant, je les jetai dans les broussailles par le fenestron des cabinets. Petit plaisir. On ne fit rien pendant une heure, elle n'y voyait plus, se lamentait.

Un peu avant Noël il y eut cette fameuse composition de dessin. Mme Chauvine, notre professeur, nous dit de faire ce que nous voulions, un dessin de notre choix pourvu que ce soit bien fait. Tout le monde se mit au travail, je n'avais pas d'idée. Ma feuille blanche patienta longtemps. À la fin je dus trouver quelque chose, j'étais le dernier dans la classe, Mme Chauvine à son bureau n'attendait plus que moi. La sonnerie se déclencha, je posai ma compo sur la pile et allai au cours suivant.

Le lendemain soir ma mère dans tous ses états me dit: « Qu'est-ce que tu as encore bien pu faire au lycée? » Elle avait reçu une convocation urgente.

Je ne vois pas, je réfléchis, il n'y a aucun flagrant délit. Elle me demande combien je totalise d'avertissements. Je ne sais pas au juste mais il y a un mois qu'on ne m'en a pas donné.

« Est-ce que tu suis bien en classe ? Est-ce que tu assimiles tout ?

— Oui, tout.

— Et les langues vivantes ça rentre bien ?

— Ça rentre, ça rentre.

— Et l'algèbre ?

— Sans problème. »

Elle ne comprend pas, elle relit la convocation, elle est très affligée.

Le lendemain sur le coup de onze heures Branqui passe sa tête par la porte de la classe et me fait signe avec le doigt de venir. Je regarde autour de moi, non c'est bien moi. Que je suis bête, qui cela pourrait être ? J'y vais. Je me lève dans le silence et je le suis. Il est calme, il ne dit rien. Au lieu de se diriger vers son bureau pour la rouste, on prend l'escalier qui descend dans la cour, on arrive dehors, il fait beau. M. Branqui marche toujours devant dans la calme matinée. On se dirige droit sur le château de la directrice, c'est un vieux château bien entretenu avec ses quatre tours et ses maigres fenêtres, autour il y a les bâtiments modernes pour les cours, plus grands et plus hauts. On dirait un château d'enfants, l'intérieur est luxueux : tapis, lustres, tableaux. On gravit un escalier qui tourne, M. Branqui frappe très légèrement à une porte, tendant l'oreille, il attend un peu puis discrètement entrouvre et me fait passer.

Qui vois-je à l'autre bout de la pièce ? Ma mère debout dans son tailleur, les mains croisées sur son sac noir avec une tête d'enterrement. En face d'elle derrière un immense bureau des gens très chic et graves me regardent entrer. La femme la plus digne doit être la directrice, je ne l'ai jamais vue. À côté le censeur touche presque le plafond, puis Mme Chauvine notre professeur de dessin très fardée. M. Branqui va se ranger de leur côté, je me range du côté de ma mère. Tout le monde nous regarde baisser la tête et le censeur prend la parole.

« Il y a deux jours ta sixième a eu composition de dessin ; est-ce bien toi qui as rendu celui-ci ? Ton nom est inscrit dessus en toutes lettres. »

M. Branqui s'empresse de me l'apporter. Je le prends et que vois-je en couleurs très vives ? Un lapin qui sodomise une poule.

Étonnant cette scène champêtre dans cette grande salle de château. La poule est debout dans l'herbe, le lapin a ses deux pattes de devant posées sur son dos, il l'enfile avec un machin plus long que ses oreilles. Dans le coin je lis mon nom. Bizarre, je ne me souviens pas avoir dessiné ça, pourtant ça me rappelle quelque chose. Je regarde ma mère, elle est morte de honte, elle n'ose plus respirer, bouche ouverte elle vacille. Le censeur reprend la parole.

« C'est bien ta composition ?... Peux-tu nous expliquer ce qui t'a poussé à faire cela ?... Réponds donc ! C'est bien ton nom et ton écriture tout de même, nous avons comparé ! »

Je ne bouge pas. Brusquement M. Branqui se rue sur moi, il hurle :

« Ose répondre, bon Dieu ! Ose ! »

Ma mère ouvre de plus en plus grande sa

bouche, alors la directrice parle. Elle dit qu'elle ne comprend pas, qu'ils n'ont jamais eu d'élèves qui accumulent aussi rapidement autant d'avertissements, que tous mes professeurs se plaignent, que je n'en fiche pas une rame, que je n'ai vraiment pas ma place ici et qu'après ce qui vient de se passer ils ne peuvent pas me garder un jour de plus, qu'il faudrait qu'on me fasse voir par un spécialiste, j'ai peut-être des problèmes de glandes, un surmenage de croissance, qu'on dénote chez moi un certain trouble du caractère, un déséquilibre... On pourrait peut-être m'orienter vers la technique, le bois, cette matière humaine, me ferait du bien... Elle regrette, je ne suis sans doute pas foncièrement mauvais et blablabla...

Moi j'ai toujours dans les mains cette poule qui se fait mettre avec toutes ses couleurs par un lapin des champs. Ma mère à côté vient d'attraper de l'asthme, elle siffle de la gorge. Et ces quatre enfoirés costumés qui nous enfoncent tant qu'ils peuvent ! Et la bouche de vieille écarlate de Mme Chauvine qui prend sa tête penchée à présent pour faire celle qui nous comprend dans le malheur ! Et l'autre malade de Branqui qui hoche la sienne à chaque mot de la directrice avec un sourire bavant d'admiration pour ne pas perdre sa place ! Et ce grand couillon de censeur, s'il grandit encore un peu d'ici la fin de l'heure on ne pourra plus le sortir du petit château !

La sirène se déclenche. Midi. La pécore s'arrête de parler, c'est son heure, elle a besoin de prendre. Elle tend à ma mère mon livret scolaire où elle inscrit : « Ne peut terminer son année scolaire, a gâché ses possibilités. » Elle lui souhaite beaucoup de courage car elle a espoir. M. Branqui m'arrache le dessin pour mon dossier, la porte s'ouvre, on reprend l'escalier.

Dans la classe il n'y a plus personne. Je range mes affaires et avant de retrouver ma mère dans la cour j'empoche deux stylos et le cahier d'histoire d'Esgonnière pour lui laisser un souvenir.

La matinée est encore belle et calme au milieu des pins, on ne peut pas croire que Noël est là. Nous descendons jusqu'au bord de la mer sans un mot ; comme le bus n'arrive pas elle me dit :

« Pourquoi tu as fait ça ?

— Je ne m'en souviens plus. »

Elle me regarde bizarrement, la mer continue de caresser doucement le sable, les gens passent près de nous dans le soleil. Personne ne se doute que je suis renvoyé définitivement. C'est normal un arrêt de bus avec une mère, un fils, un cartable et le soleil de midi qui passe sur Marseille comme si de rien n'était.

Noël passa comme une lettre à la poste. On ne fit pas la crèche sur le petit guéridon, d'habitude mon père allait à la colline chercher la mousse. Nous avalâmes un pintadon dans la cuisine et nous nous couchâmes de bonne heure.

C'est au cours de cet hiver, un soir que je traînais du côté du canal, que je retrouvai le petit

Raymond, Quiquette-Bleue. Il y avait bien trois ans qu'on ne s'était vus. Il me dit qu'il préparait son certif au bout de l'impasse, chez Bombardier. Nous marchâmes un peu ensemble dans le noir, il n'avait pas plus que moi grandi. Il portait toujours sur lui les odeurs fades d'école communale. Tout me revint brusquement : les classes obscures, les après-midi somnolents qui n'en finissent pas, l'haleine moisie de M. Gentil sur ma nuque et la cantine en plein chambardement.

Trois ans... Je me retrouvais pile comme avant, à la porte des écoles. Nous bavardâmes dans l'obscurité, d'une ampoule à l'autre. À un moment nous passâmes devant un Solex garé près de l'église. Quiquette-Bleue caressa le porte-bagages et clac, sans s'arrêter il décrocha la petite boîte à outils noire et la glissa sous son pull. J'éclatai de rire. Il n'avait pas changé ce zèbre, toujours aussi malin. Il ne semblait pas m'en vouloir de l'avoir séquestré dans ma cave avec les chats.

Le soir même nous fîmes en flânant une dizaine de cyclos dans le quartier. Nous nous retrouvâmes avec dix kilos de petits outils et de pompes que nous partageâmes. Ça servirait pour la mobylette de mon père.

Les jours suivants j'allais l'attendre à la sortie de l'école. Il jetait son cartable dans un couloir et on partait rôder. Dans la journée j'avais flairé les coups. Nous commençâmes par le bazar de Mme Arthur parce que sa cuisine était au premier et qu'il lui fallait un certain temps pour descendre dans la boutique quand elle entendait la sonnette. J'avais bien calculé. Nous y allons.

On entre tous les deux, ding ding... Je me couche vite derrière le comptoir aux pieds de Quiquette-Bleue ; Mme Arthur rapplique par l'escalier.

« Bonsoir, madame.

— Bonsoir, mon petit, qu'est-ce que tu veux ? »

Elle ne voit que lui, parbleu.

« Du Zan. »

C'est juste derrière le comptoir, elle le sert, il paie.

« Bonsoir, Mme Arthur. »

Il sort tout seul, j'entends les pas de la vieille sur l'escalier de bois. Je me dresse dans l'ombre du bazar et silencieusement j'attrape ce qu'il y a de plus cher, deux paires de patins à roulettes avec de vrais roulements à billes. Je les fourre dans mon blouson et fait signe à travers la vitre. Quiquette-Bleue traverse la rue et rentre, ding ding. Nous nous collons tous les deux au comptoir. La vieille redescend.

« Je voudrais encore du Zan pour mon copain. »

Elle nous sert.

« Venez ensemble la prochaine fois, j'ai ma soupe sur le feu. »

Nous ressortons peinards, ding ding... Va vite voir ta soupe, Arthur ! On se fend la gueule toute noire de Zan.

Je repérai comme ça au long des journées d'hiver les magasins qui avaient les cuisines au premier. Il n'y en avait que deux.

Chez Vial, le marchand de radios et lumières,

dès que nous entrons je me planque au milieu des lustres. Mme Vial descend. Quiquette-Bleue demande le prix d'un poste de radio dans la vitrine, comme il est écrit dessus il ajoute : « tous frais compris ? » Elle le regarde un peu drôlement... « C'est pour mon père, merci ! » Et il s'en va.

Je reste seul au milieu de tous les cristaux et pendeloques qui frissonnent et tintent infimement sous mon seul souffle. Même immobile, le nez pincé, je fais vivre tout un coin du magasin. Autour c'est le silence et au ras de mes yeux la musique limpide et fragile d'un champ de blé en verre. Mme Vial remonte. J'embarque le premier poste et ding ding. Je ne peux tout de même pas attendre que Raymond vienne redemander le prix. Nous fonçons vers les jardins.

Je voulus descendre l'écouter dans ma cave, Quiquette-Bleue blêmit. Il préféra me laisser la radio plutôt que de remettre les pieds dans la fosse aux serpents. J'allai écouter « Salut les copains » tout seul dans mes cartons. J'avais de la musique maintenant, je m'installais.

Comme elle m'avait cherché une école, ma mère me chercha un lycée. Elle partait le matin et elle les faisait tous. Avec mon livret scolaire c'était partout la même chanson : « Il faudrait plutôt voir un bon centre d'apprentissage, peut-être une école privée, mais là vous savez les études c'est cher et ça ne mène pas très loin... » Pour moi elle ne voulait pas se résigner au technique, il y avait déjà Ange-Paul qui étudiait la plomberie. Elle aurait aimé que l'un de nous aille jusqu'au brevet élémentaire qui ouvre beaucoup de portes : la Poste, les Chemins de fer, peut-être l'Électricité. C'était de plus en plus difficile, la guerre d'Algérie finissait, nous ramenant chaque jour des cargaisons de gosses à recaser dans les écoles, de plus ils étaient prioritaires, des rescapés en quelque sorte. Moi je pouvais me noyer, je n'avais rien fait pour ma patrie.

De mon côté j'ai continué à prévoir, nous n'étions pas au bout des coups durs. Notre cave était loin d'être pleine ; mon père devait passer en procès début mars.

Avec Quiquette-Bleue nous avons mis au point quelque chose, il nous fallait coûte que coûte du liquide. Nous avons pensé à la caisse d'Arthur. Nous avons attendu un samedi soir pour qu'elle soit bien pleine, les minots achètent beaucoup dans les bazars le samedi avec l'argent de la semaine.

Nous nous sommes glissés dans un couloir jusqu'à ce que la rue soit tranquille. Ça pince dur sur le coup de sept heures en hiver, les gens ne traînent pas, le charbon ronfle dans les maisons et les bistrots sont bourrés, on joue à la belote avant d'aller danser. La rue devient à nous.

Nous nous sommes approchés de la porte vitrée. La petite lumière était allumée au fond dans l'escalier, Mme Arthur laissait toujours la porte de sa cuisine ouverte en haut pour entendre les bruits du magasin. Nous avions planqué nos chaussures dans le couloir afin de ne rien faire craquer.

Je monte sur les épaules de Raymond, nous sommes grands comme un homme ainsi. Lui, en bas, commence à faire jouer doucement la poignée, la porte se décolle à peine. Je passe mes doigts par la fente et j'essaie de coincer la clochette. Quand je la tiens je tire l'oreille de mon ami avec l'autre main, il ouvre pendant que je stabilise la cloche et délicatement je me laisse glisser. À l'étage, silence. On s'avance en velours vers le comptoir ; la clef est sur le tiroir de la caisse. Je la tourne, je tire, toutes les pièces sont rangées dans un casier, elles brillent dans la lumière jaune qui tombe de l'escalier et dessous, dépassant à peine, une belle liasse de billets. Je la glisse dans ma chemise, fais signe à Raymond d'embarquer le casier. On peut y aller. Quand il faut que je remonte sur lui pour fermer la porte sans faire tinter, il ne peut plus, ses mains sont pleines. J'ai beau me faire léger il reste accroupi sous moi. Je lui fais signe de poser le casier, cette fois ça marche, je m'élève lentement dans l'obscurité du bazar, mais une fois là-haut on s'aperçoit que le casier est par terre, il ne peut plus le ramasser. Alors nous commençons à étouffer de rire, nous sommes tellement sur nos nerfs que Raymond s'écroule. Il a juste le temps d'accrocher le casier et on bondit si vite qu'on reste coincés dans la porte. Ça déclenche un raffut ! Les vitres, la clochette ! Plus nous forçons, plus nous sommes coincés. On dirait qu'un camion entre dans le bazar. On finit par éclater dehors, des pièces giclent partout sur le trottoir, nous n'avons même pas le temps de récupérer nos chaussures.

Quel scandale ça doit faire maintenant dans la rue ! Nous sommes dans la nuit des jardins et nous comptons l'argent à la lueur de la lune. Presque vingt sacs chacun mais nous n'avons plus rien aux pieds.

Nous avons laissé passer quelques jours. Ça a fait un foin ! Les Maccaccari furent soupçonnés. Louis XIV rentrait et sortait de l'asile comme d'un moulin. Les gens du quartier auraient voulu qu'ils l'enferment une fois pour toutes mais là-bas ils lui donnaient sans cesse des permissions. Il n'y a qu'au *Terminus* qu'on était contents de le voir, là il faisait un triomphe.

Nous avons décidé de nous attaquer à la station-service, juste à la sortie du patelin ; elle fait aussi bar-tabac. On pouvait compter jusqu'à cinquante chaque fois que M. Burle sortait faire le plein. L'après-midi il est seul à tenir le tabac et la pompe.

Nous nous sommes dissimulés derrière le garage au milieu des vieilles huiles et des pneus, nous avons attendu le client. Le soleil est très chaud sur le coup de trois heures, même en hiver, nous transpirions de peur. Une bagnole enfin se gare. M. Burle sort, il décroche le bec. C'est le moment. Nous rasons le mur et pfuitt nous nous enfilons dans le tabac. Raymond se poste près de la porte pour faire le guet, je fais des pointes sur les planches derrière le comptoir. Malgré toute mon angoisse je me dis que je n'aurais jamais imaginé ainsi cette partie du bar où l'on ne va jamais, c'est sombre, humide, ça sent le moisi. C'est toujours brillant un comptoir côté clients, et là c'est un tas de planches noires et de placards pourris. Une sensation de mensonge passe sur mon corps trempé. Je décroche la petite clef derrière le placard à cigarettes : il n'y a que des papiers.

J'aperçois alors un autre tiroir. La clef se coince dans la serrure... Cette odeur humide de vin moisi m'entoure, j'ai l'impression que l'après-midi s'en va dehors tant c'est long. La serrure cède, j'attrape quelques poignées de pièces et de billets, je fourre tout dans mes poches et je ressors dans le soleil qui flamboie. Quiquette-Bleue piétine dans le pré derrière : « Tu es fada, ça fait une heure que je t'attends ! Qu'est-ce que tu fous ? »

Là-bas, devant la pompe, M. Burle discute avec le client, on le voit agiter ses bras comme s'il voulait jeter ses mains de l'autre côté de la route. Nous filons par les champs. C'est bizarre, je pense à ce comptoir et je le sens sur moi comme un frisson étrange, une humidité qui vous prend et ne vous quitte plus.

Il y avait encore plus d'argent que chez la vieille Arthur mais ce comptoir humide me troublait, cet autre côté moisi de la vie qu'on ne soupçonne pas et qui en nous chaque jour se répand comme une tache obscure sur un mur blanc.

Nos pillages semèrent un vent de panique dans le quartier. On ne parlait plus que de ça dans les magasins, sur les trottoirs et tard le soir dans les bistrots. On n'avait jamais vu dans les parages un tel assaut de banditisme, tout le monde se mit à soupçonner tout le monde, on se parlait en se surveillant les mains. Les porte-monnaie ne traînaient plus au fond des cabas pendant les courses.

M. Burle mit deux molosses allemands, un derrière le comptoir, l'autre à la pompe. Mme Arthur descendit son réchaud dans le bazar. Elle faisait tout là maintenant, dînette et tricot, elle vivait sur son comptoir. Quand elle voulait aller au petit coin, elle fermait boutique. Le soir c'était le couvre-feu, on verrouillait volets et portes. Personne ne ressortait, sauf les mauvais maris qui vont s'acoquiner au *Terminus*.

Les langues allaient bon train. En tête celle de Mme Escagnole, notre voisine qui se traînait d'un magasin à l'autre et faisait la fermeture des bars pour ne pas rater un seul ragot. Elle savait tout de l'affaire, elle était sur le point de faire arrêter les voyous. Ils étaient dans la place c'est sûr ! Parmi nous ! Trop bien renseignés ces gangsters pour venir d'ailleurs.

La population atterrée par cette attaque soudaine dans un quartier si paisible jusque-là demanda la protection des gendarmes de Plan-de-Cuques. Ils s'installèrent deux jours plus tard dans la mairie annexe, à trois portes de chez nous. C'était exactement le fourgon qui avait enlevé mon père dans la nuit. Lui au moins était au-dessus de tout soupçon, là où il était.

Le garde champêtre déposa par-ci par-là des petits papiers bleus dans les boîtes aux lettres, des convocations. Il y en eut pas mal dans notre impasse qui n'était pas des mieux fréquentée. J'eus droit à une, le garde dit qu'on m'avait trop vu rôder. Le lendemain nous nous retrouvâmes une quinzaine dans la grande salle de la mairie. Les Maccaccari occupaient à eux seuls tout un banc. Ils s'étaient endimanchés. Le père unijambiste avait mis son costume directement sur le tricot de peau, il n'avait pas dû trouver de chemise propre. Je l'avais bien connu leur tas de linge sale, la plupart du temps ils repiquaient dedans et en tiraient le moins puant.

L'interrogatoire commença dans la pièce voisine. D'abord les adultes. Je n'avais jamais vu le gendarme qui ouvrait la porte pour appeler, il prenait l'air méchant.

Au bout d'un moment qui vis-je entrer par la grande porte vitrée ? Quiquette-Bleue, son papier de la même couleur à la main, l'air complètement ahuri. Il s'assit loin de moi. On ne se croisa plus les yeux de peur de se rencontrer. Peu à peu la salle se vida, le soleil sortit de la mairie, il ne devait pas être loin de midi.

Cela devint lugubre là-dedans, ces bancs vides et les quelques règlements illisibles, entre quatre punaises rouillées.

Je sentais de plus en plus le froid monter de mes pieds, Quiquette-Bleue me tracassait. À un moment pourtant nous éclatâmes tous de rire : le gendarme mit dehors tous les Maccaccari qui voulaient entrer ensemble pour l'interrogatoire. Ils crièrent en italien toutes sortes d'insanités parce qu'ils « n'étaient pas des bandits et qu'ils ne connaissaient personne à la Mafia ! ». La mère se mit à pleurer, le regard et les mains implorant le ciel, Louis XIV s'enfuit en beuglant, convaincu que tout ça n'était qu'une machination pour l'enfermer définitivement à l'asile. Nous riions tous, cela nous fit du bien. Même le gendarme méchant souriait en refermant la porte.

Nous nous mîmes à parler à haute voix parce que ces Maccaccari, hein, quels numéros ! Nous nous sentions tout d'un coup moins coupables. C'est vrai, sans eux nous étions entre gens bien, nous aurions pu demander des nouvelles de la famille du gendarme et cela aurait été très poli.

Maintenant la nuit semblait s'installer dans la mairie. Nous nous faisions face avec Raymond. La porte fit craquer brusquement le silence. Nous sursautâmes. Ça venait à nous, nous étions les derniers.

Ils nous firent asseoir chacun à l'extrémité d'une longue table, eux restaient debout dans notre dos. Le gros qui avait arrêté mon père parla le premier. Dès que je sentis son souffle sur mes cheveux toute ma haine se ranima, la glace monta dans mon corps. Il aurait pu me fendre le crâne en deux, il n'aurait rien trouvé.

« Alors le bazar, vous ne pouvez pas nier quand même ?... Hein, fripouilles ? On n'a plus de temps à perdre, vous dites tout tout de suite ou ça va mal tourner ! »

Nous observons le silence. Le gros fait le tour de la table, il tient à la main un long bâton qu'il abat en braillant :

« Ça suffit maintenant ! Ou vous dites tout ou je vous assomme ! »

Il refait claquer le gourdin. J'entends Quiquette-Bleue qui se met en marche.

« Je vais vous dire tout ce que je sais, Monsieur le Gendarme... C'était l'autre jour, l'autre soir plutôt... Je me promenais sur la place de l'église et je l'ai vue ouverte... Enfin pas fermée...

— Quoi ? l'interrompt le gros.

— La voiture, Monsieur le Gendarme, elle était ouverte, ça m'a paru bizarre.

— Quelle voiture ?

— Celle qui était ouverte, alors j'ai voulu...

— Mais quelle voiture, bon Dieu ?

— Heu... La Dauphine... Non la quatre-chevaux, oui, la quatre-chevaux verte je m'en souviens, avec les couvertures à carreaux rouges dedans.

— Et alors qu'est-ce qu'elle avait cette voiture ?

— Elle était ouverte, Monsieur, et je me suis dit : c'est pas normal une voiture ouverte le soir.

— Et alors ?

— Alors, c'était pas normal, je voulais vous le dire parce que c'est pas normal... »

Le gendarme ne sait plus trop quoi penser de cette voiture, il hésite. Raymond n'avait pas pu résister, il fallait qu'il parle, n'importe quoi mais qu'il parle, ça lui faisait du bien. Surtout pas de silence. Il les aurait baladés comme ça n'importe où, pourvu qu'il n'y ait pas de silence, toute la nuit avec son imagination plus grande que tous les cinémas.

Oui, mais le bazar de Mme Arthur, hein, le bazar ?

— Non, elle était garée sur la place.

— Mais je m'en fous de ta voiture, crétin ! Ah ! vous voulez jouer aux plus forts ! Eh bien, nous allons voir ! »

Furieusement il fouille dans un cartable noir, il hurle :

« On va vous faire le sérum de vérité, à tous les deux, on verra ce que vous avez dans le ventre ! Allez, tournez-vous contre le mur le temps que je prépare la seringue ! »

J'entends un aboiement, la porte claque, je me retourne : Quiquette-Bleue a disparu. Il s'est enfui. Les deux gendarmes se regardent. Ils se radoucissent un peu. Le gros veut reprendre avec moi depuis le début. Il peut courir !

Au bout d'un moment à tourner autour du pot pour rien nous entendons des mugissements dans l'impasse, un raffut de tous les diables. Les deux gendarmes se regardent à nouveau puis vont se rendre compte dehors. Je les suis. Il y a foule devant la mairie et au premier rang que vois-je ? Le père de Raymond, cet énergumène énorme en tricot de peau dans le froid, il brandit une hache plus grosse que sa cuisse et gueule comme un perdu :

« Je vais toute la démolir, moi, leur sale baraque, salopards ! Faire ça à une famille de travailleurs ! À des honnêtes comme c'est pas permis ! Ils veulent faire des piqûres aux nistons à présent ! Sans mon autorisation ! C'est ce qu'on va voir ! »

C'est un ancien bûcheron. Les gens essaient de le retenir mais personne n'approche. Dès qu'il aperçoit les gendarmes il leur fonce dessus.

Eux s'engouffrent dans la mairie sans demander leur reste et s'enferment à double tour. Je me retrouve sur le trottoir avec le quartier. Il leur balance un de ces coups de cognée dans la porte, on les revoit aussitôt tous les deux, la grande vitre a explosé.

« Vermines ! Vous voulez nous piquer pour savoir la vérité ! La vérité c'est que vous êtes des fainéants et des vendus ! Moi qui travaille toute la journée je vais vous démolir ! Sérum de vérité ! »

Décomposés, les gendarmes crient de l'intérieur :

« C'est pour les impressionner ! Ça n'existe pas, le sérum de vérité ! C'est pour leur faire peur, calmez-vous voyons ! »

Le forcené n'entend qu'une chose : sérum de vérité !

« Sale poulaille ! Rats ! »

Et vlan, il te leur flanque encore un coup de hache qui fend la porte en deux. Tous les hommes du quartier lui plongent dessus, les gendarmes se jettent dans la mêlée, ils sont verdâtres sous la lumière de la mairie. J'aurais voulu qu'il les dissèque mais c'est lui qu'on emmène.

On ne parle plus du tout du vol et des bandits durant la soirée, il n'y en a que pour le forcené. C'est quelqu'un le père de Raymond ! Tout le monde a vu les gendarmes se faire de l'huile dans le froc, ils les avaient à zéro ! Les minots entourent Quiquette-Bleue, c'est leur héros. Il leur raconte qu'un jour son père en a rétamé trois rien qu'à coups de godasse dans le cul. Ils sont babas !

Une nuit nous fûmes tous réveillés d'un bond par l'explosion. Nous nous retrouvâmes assis dans les lits. Nous crûmes un instant que le quartier avait éclaté mais notre maison était encore debout, les mêmes fentes familières couraient au plafond. Au moment où nous ouvrions la fenêtre, nous entendîmes des cris, à tue-tête. La rue semblait un canal d'épouvante, noire et déserte avec ces gloussements qui rebondissaient d'une façade sur l'autre comme une boule d'effroi sur un billard de mort.

Tous les volets s'ouvrirent, la rue s'emplit d'appels, d'ombres, de courses. Nous descendîmes nous aussi. Ça venait d'à côté, de chez les Maccaccari. Il y avait déjà une meute de pyjamas et de peignoirs devant leur porte, les gens voulaient voir dans la cour où résonnait l'atroce meuglement.

Je me faufilai jusqu'au seuil à travers les pantoufles. Le tableau me déconcerta : l'aîné des Maccaccari, Giuseppe, était assis par terre dos au mur, les bras ballants, sa mère couchée sur lui braillait à la mort. De l'autre côté de la courette l'unijambiste était assis sur le ciment près de son fusil.

On distingua vite, malgré l'obscurité, toute l'horreur de la scène. Giuseppe avait quelque chose d'affreux au milieu du corps. Des lampes traversèrent la foule. Les faisceaux braquèrent le géant. Son ventre était haché. Des lambeaux de veste et de chemise se mélangeaient à la chair et à la purée sombre des intestins. Une boue noire se répandait lentement sur ses cuisses.

Les murs étaient grêlés de taches. L'Italien avait explosé dans toute la cour. Maintenant, assis dans sa fange, il semblait sourire pendant que sa mère hurlait comme un chien sous la lune. Mort sur le coup.

On tira les enfants de là, moi avec. Ange-Paul put rester, il était grand à présent. Tout le quartier accourait vers le recoin lugubre, partout les ampoules s'étaient allumées dans cette nuit d'hiver. De notre porte, grelottants, nous continuions à suivre ces ombres agitées sous le cri épouvantable de la mère d'un mort.

Nous apprîmes au fil de la nuit, par morceaux chuchotés d'un trottoir à l'autre, toute l'histoire : sur le coup de minuit le père Maccaccari avait entendu du bruit dans sa cour, ça l'avait réveillé. Il était certain cependant d'avoir barricadé la porte de l'impasse avec ses trois barres de fer, comme chaque soir quand tout le monde était rentré. Il s'était levé et au moment d'aller voir, la poignée de leur cave s'était mise à tourner lentement... Quelqu'un voulait entrer sans bruit. Pris de panique, il avait saisi le fusil. La porte s'était entrouverte et l'immense stature s'était découpée sur l'obscurité plus claire du dehors. La terreur avait écrasé la détente. Giuseppe fauché à bout portant avait éclaté.

Le géant avait dû ressortir quand tout le monde dormait. Il revenait sans bruit, à tâtons, pour ne réveiller personne. Il avait réveillé tout le quartier.

Deux jours plus tard eurent lieu presque à la même heure le procès de mon père et l'enterrement de Giuseppe. Ma mère préféra que je ne perde pas ma journée de soleil à attendre dans un palais de justice, elle partit seule.

À midi, je mangeai et sortis dans la rue ; l'enterrement commençait à bouger. Beaucoup de gens avaient pris l'après-midi, depuis si longtemps les Maccaccari étaient devenus des habitants du quartier, un nouveau malheur les frappait.

C'était un bel après-midi, en évitant les rues d'ombres. Tout le monde attendait dans un coin de soleil. Soudain tous cessèrent de parler et se tournèrent vers leur porte, on entendait brusquement monter de la cour les cris de l'autre nuit. La mère de Giuseppe pleurait des hurlements.

Des hommes sortirent le cercueil sur le trottoir mais elle les empêchait de partir, accrochée à la caisse elle tirait son fils pour qu'il retourne à la maison. Ses cheveux étaient une broussaille d'asparagus, son regard un cratère d'effroi. Elle pesait de tout son faible poids, arc-boutée sur la caisse.

Les hommes posèrent le cercueil pour la décrocher, elle se jeta dessus, se coucha sur son fils, incrustée dans le bois par tous ses ongles, hurlant : « Qu'on m'emmène avec lui, qu'on nous mette tous les deux, qu'on nous emporte ensemble et c'est fini ! »

D'autres voisins traversèrent la rue pour la calmer mais personne ne pouvait la retenir. Les plus costauds finirent par l'extirper et la charrièrent comme un dément qui rebondit au bas des trois marches de la cave. Elle s'arrachait les cheveux par touffes.

Le cercueil fila vite à l'église et tout le monde avec, moi aussi. C'était la première fois que je mettais les pieds dans une église. J'avais bien regardé plusieurs fois de la porte les bancs et les vitraux mais c'était ma première messe.

Le curé avait l'air de se dépêcher de peur qu'elle ne rapplique en beuglant, il soufflait comme un phoque. Nous nous sommes levés, assis, agenouillés, rassis avec les paroles pressées en latin et leurs répons. Le curé fit circuler un objet en argent que les gens se passaient après avoir fait le signe de croix. Je suivis cette chose qui se rapprochait de moi ; elle arriva dans mon rang. J'avais le trac et un grand malaise à cause du cercueil et de la mère couchée dans cet état. Une main me mit la chose sous le nez, je la saisis et tentai de faire comme tout le monde, cela me parut tellement étrange, ces gestes, le ventre en bouillie de Giuseppe, cette mère dans la cave et mon père au banc des accusés, que j'éclatai de rire. Toute l'église se retourna. De voir tous ces gens me regarder avec des yeux ronds j'éclatai de plus belle. Je ne savais pas ce qui me prenait, plus ils agrandissaient leurs yeux, plus j'étais secoué de fou rire. Quelqu'un derrière me bouscula en disant : « Tu n'as pas honte ! » Je dis « Oui » tout en explosant. Ils avaient l'air outrés. Des voix se levèrent pour que je cesse enfin.

J'essayais de penser à autre chose, c'était plus fort que moi, je ne trouvais rien. J'étais effondré, cassé en deux tellement je forçais pour me maîtriser.

Un homme me souleva et me tira du banc. Je longeai en pouffant la grande allée centrale et me retrouvai d'un coup dans le soleil de l'après-midi. Cela me réveilla mais je continuai de rire en traversant la place déserte.

Devant la cour des Maccaccari j'écoutai : le silence était revenu, plus personne ne pleurait. Je tendis l'oreille, non, il n'y avait rien que l'eau froide de la rue ; cela me calma, je rentrai chez nous.

L'humidité était tombée depuis longtemps sur les jardins quand j'entendis la porte en bas. J'ouvris et vis dans l'escalier ma mère qui ramenait mon père et la valise orange. Elle me cria : « Il est libre. » Il me parut encore plus maigre qu'elle. Deux clous escaladaient les marches. Ils avaient dans la lumière jaune de la cage les joues creuses et les yeux saillants.

Ma mère m'expliqua qu'ils l'avaient condamné à quatre mois parce que ça faisait quatre mois qu'ils le gardaient, pour ne pas avoir l'air de se tromper, tout le monde avait bien vu que ce n'était que peccadille et qu'il n'y avait aucune preuve.

Pendant qu'il cherchait sa place autour de la table ma mère vida ses filets, elle en avait profité pour faire des courses au cours Julien, elle souriait. Elle lui avait acheté deux grives et un ananas. Il ne put rien avaler. Il regardait chaque chose comme s'il les comptait. Avec mon frère nous étions si contents que nous dévorâmes grives et ananas.

Mon père me demanda si ça marchait le lycée, je lui dis que j'étais renvoyé. Il fit « Ah ! » et se remit à compter.

Les mois ont filé comme les hirondelles, l'été nous a frôlés, puis l'automne qui rouille le soleil et pleure rouge dans les bois. Nous avons grandi, nous avons volé, nous nous sommes intéressés au sexe.

J'allais sur mes quatorze ans et toujours pas une goutte de sperme. Dès que Raymond avait un moment il se faisait gicler, n'importe où. Il connaissait tous les soupiraux et les vieux pigeonniers qui plongent dans les jardins. Il attendait les femmes ruisselantes de linge qui viennent aux étendoirs et découvrent leurs cuisses en relevant les bras pour atteindre la corde. Dans la pénombre il les inondait de sa rosée d'enfant. Je m'enflammais le sang et n'humectais personne. Il faisait seul de grands concours de jets ; le sexe demeurait sa passion. Il s'envoyait debout des flocons sur la tête, il riait aux éclats son lance-neige dans la main. Secrètement il constellait toutes les ombres du quartier.

Il embrassait aussi les filles dans la nuit du Savo-Ciné. Il les repérait à l'entracte, se précipitait près de celles qui étaient seules, trouvait le mot qu'il faut pour les faire rire puis, discrètement, passait son bras sur le dossier de la banquette en frôlant leurs cheveux. Lorsque c'était émouvant sur l'écran il les embrassait. Parfois elles le chassaient avec fracas.

Je le suivais à tâtons dans le noir, je m'asseyais derrière, penché entre eux je regardais. Nous faisions quelquefois dix places sans pouvoir embrasser, alors il m'envoyait paître :

« C'est à cause de toi, tu me suis partout ! Elles croient qu'on se moque, sinon elles en ont envie ! »

Un dimanche, alors que le film était commencé, il se tourne vers moi et m'en désigne une.

« Va brancher celle-là, elle est bonne, tout le monde lui a roulé un patin ! »

Il me pousse. Elle ne dit rien. Je rigole un peu pour me mettre à l'aise, je ne la vois pas dans l'obscurité, j'espère qu'elle n'est pas trop belle sinon elle refusera. Je dis :

« C'est la première fois que vous venez ici ? »

Et je me jette sur elle parce que si j'attends trop je ne le ferai jamais. Mes dents cognent les siennes, elle pousse un cri et ouvre une bouche plus grande qu'un four, j'y introduis ma langue et je fais comme prévu, je tourne le plus vite possible afin qu'elle ne détecte pas le débutant. Que je suis heureux, ça marche ! Mais qu'est-ce que c'est visqueux une langue ! Je n'aurais jamais cru ça... Vraiment dégoûtant ! Je vais être plutôt fier à la fin du film quand tout le monde va me voir. Que ça finisse vite, bahh ! C'est de plus en plus dégoûtant, ça me dégouline dans le cou.

Les lumières se rallument, nous nous dressons. Elle me regarde. Elle a au moins vingt et un ans et des talons hauts, c'est une adulte plus haute que moi. Elle sort, je la suis. Nous partons vers la campagne ; elle me demande :

« Tu vas me raccompagner jusqu'à Saint-Mitre ?
— Oui. »

Nous continuons. Je marche sur les pointes, du côté le plus élevé du trottoir, le soir tombe. Nous filons un bon moment comme ça, les sourires remplacent les mots, elle a un menton en galoche de profil, elle me plaît bien. Un peu avant le stade, elle ralentit son pas, j'ai peur d'avoir quelque chose à faire, je fais semblant de ne rien voir. Elle ralentit encore, moi non. J'entends sa voix dans mon dos :

« Tu ne veux pas qu'on se repose un peu ?
— Il n'y a pas de banc… »

Je sens que je suis venu trop loin. Que vais-je faire sans jus avec une adulte si elle veut aller jusqu'au bout ? Elle dit plus doucement :

« Asseyons-nous dans l'herbe, on ne nous verra pas de la route. »

La panique me gagne, je n'ai pas le courage de partir en courant. Nous descendons dans le pré ; nous nous asseyons. Sur notre gauche il y a une ferme avec ses vaches dehors, mon cœur saute.

Dès que je l'embrasse elle se couche en respirant très fort, son cou fait des bonds. Ma panique enfle. Je l'embrasse, embrasse et embrasse encore. C'est tout ce que je peux faire dans mon cas. Je lui sors un sein et je l'embrasse, l'embrasse et le rembrasse ce sein. Je reviens à la bouche puis encore au sein et de plus en plus vite l'aller-retour pour qu'on n'ait pas le temps d'attaquer autre chose.

Elle doit en avoir marre car elle prend ma main et la met autoritairement entre ses cuisses. C'est bouillant ! Je fais semblant de me trémousser et je pense : le sein, rien que le sein, en bas je suis foutu ! Je m'acharne sur la poitrine, je sens sous mes doigts sa culotte trempée. Brusquement je revois le sexe de la Maccaccari, l'énorme sexe grand ouvert sur la bassine, noir comme la tête trempée d'un bébé qui sort. D'un bond je retire ma main et me trémousse de plus belle. Je me sens mou et petit comme ce n'est pas permis. Plus elle râle, plus il devient petit, rabougri, riquiqui, il se recroqueville l'animal. Il est terrorisé.

Elle me force la main vers sa culotte, je n'ai plus de sexe, je suis comme elle, tout est dedans. Si elle ouvre mon pantalon elle ne trouvera rien.

Il y a soudain une mauvaise odeur, nous la sentons ensemble, nous interrompons notre cirque. Ça pue vraiment. Nous nous asseyons, c'est de plus en plus fort. Nous nous regardons... Nous nous inspectons des pieds à la tête, chacun son tour. Alors je vois son dos : son chemisier blanc est marron. Elle s'est couchée en plein sur une bouse de vache fraîche. C'est à tomber ! Elle balbutie quelque chose de grossier contre les vaches et part en courant dans le pré. Ouf ! Je me retrouve seul dans la rosée, il fait presque nuit noire. Je fais attention de ne pas marcher dedans et je retourne chez nous.

Quand j'arrive dans l'impasse, Quiquette-Bleue m'attend assis sur la fontaine. Dès qu'il me voit il dit en sautant :

« Alors ? »

Je réponds :

« Pétard, c'était bon ! »

Je raconte tout ce que j'aurais dû faire. Il siffle :

« Si j'avais su j'y serais allé moi, je le savais qu'elle était bonne ! »

C'est l'année où je me mis à voler dans les grands magasins de Marseille ; ça sentait trop le roussi dans notre banlieue.

C'est comme ça qu'un jour dans le bus, je la revis cette grande fille du pré à vaches. Elle monta à l'arrêt de Saint-Mitre et vint près de moi sur la plate-forme arrière. J'étais très gêné à cause de mon impuissance et cette bouse entre nous, elle blaguait gaiement de son travail dans les chaussures et du cinéma le dimanche. Elle semblait contente de me retrouver là. Quand nous descendîmes au Chapitre elle me dit en riant :

« Si tu veux, rendez-vous lundi soir au stade vers cinq heures, ça nous fera faire la moitié du chemin chacun. »

Elle s'envola vers les chaussures.

J'y réfléchis tous les instants de la semaine à ce rendez-vous du lundi. Je pensai que pour devenir un homme, un dur, il fallait faire du sport et de l'effort physique, il n'y a qu'à voir les sportifs, ils sont couverts de muscles, leurs mâchoires sont carrées jusqu'aux oreilles. Voilà ce qu'il me fallait : muscles, poils et mâchoires jusqu'aux oreilles.

Le lundi matin je descendis dans notre cave, je choisis dans mon stock un short de satin blanc, préparai un goûter chocolat-beurre et partis vers le stade. Il était désert. Je me mis en tenue et commençai à courir, il fallait que je sois à point pour le soir cinq heures. Il faisait bon, je sentais venir mes muscles, le gazon était doux sous mes tennis et j'avais plaisir à voir mes jambes avaler tant de terrain. Je respirais profondément pour accumuler toute la puissance de la nature. En courant je me disais : « C'est naturel l'amour, plus on est en contact avec la nature plus on est puissant. »

De temps en temps je sautais en l'air de bonheur, mes jambes étaient dures. Je sentais que le soir j'allais faire un malheur. À chaque tour de stade je soufflais un moment, faisais vingt pompes. J'avais hâte qu'elle arrive, je tenais une forme ! J'avais l'impression que mes poils poussaient depuis le matin. Je regardais mon sexe dans le short pour voir s'il suivait. Il semblait dormir, blotti sur lui-même. J'accélérai ma course en poussant de petits cris d'homme : « Han ! Han ! Han ! » Je me roulai dans la terre pour le contact qui fortifie.

Jusqu'au soir, je courus dans l'automne, les collines au loin rougissaient, des fleuves d'or basculaient dans les combes, ici on était encore un moment dans le vert. Je devenais un morceau de l'automne, aussi puissant qu'un pin parasol. Je sentais monter ma résine. J'entrai dans la nuit en courant. Je ne sentais plus mes muscles tant ils avaient durci et commençais à redouter qu'elle ne vienne pas, jamais elle ne me retrouverait dans une forme pareille !

Brusquement la porte du stade gémit. Je me

retournai : c'était elle ! Sa robe pâle s'avança dans la nuit. Je fis ma petite foulée, je me pendis à son cou, nous nous écroulâmes sur le gazon déjà humide... J'étais tellement épuisé que je m'endormis d'un bloc sans sortir son sein.

Quand elle me réveilla nous étions glacés, elle murmura :

« Tu es un drôle de bonhomme, toi. »

Elle me raccompagna presque jusque chez nous. J'avais des crampes partout, j'étais encore plus petit que d'habitude, on aurait dit une mère qui raccompagne son fils après le match. Elle était drôlement gentille tout de même ; je ne la revis jamais. Chaque fois pourtant je regardais à l'arrêt de Saint-Mitre.

Mes parents avaient pris de l'âge en peu de temps, cette prison et les regards dans le quartier... Nous ne parlions presque plus le soir à table, chacun semblait préoccupé, penché sur les fonds lointains de son assiette. Le silence tintait doucement des bruits légers d'une fourchette. Ils ne se disputaient plus, on se couchait sans joie.

Mon père avait cherché du travail pendant six mois, comme il n'y avait rien il entamait une F.P.A. à Saint-Jérôme dans le même centre qu'Ange-Paul. Il avait dû accepter la seule formation où il restât des places : peintre en bâtiments. Ils partaient ensemble le matin, chacun avec son cartable comme deux écoliers dans le bleu de l'hiver. Ange-

Paul avait presque fini ses études de plombier, mon père commençait avec le retard d'une vie. Ils faisaient tout ensemble ; le dimanche ils achetaient leur carte de bus hebdomadaire, préparaient leurs affaires. Il en faut des instruments pour apprendre un métier ! Ils se les prêtaient selon les jours pour éviter des frais. Le soir sous la lampe, côte à côte, ils faisaient leurs devoirs. Ils se demandaient conseil pour l'orthographe et mon père remplissait des feuilles entières de tout petits dessins, des dessins minuscules aux crayons de couleur, comme un enfant qui s'applique la langue un peu dehors, à réussir son œuvre. Il avait peur de rater son C.A.P. ; même le dimanche il restait là, dans la cuisine, pour finir ses petits dessins et ranger minutieusement son cartable, lui qui avait tant aimé la chasse et le cinéma.

Notre mère devenait étrange, absorbée dans des pensées que l'on ne perçait pas. Elle avait déniché une toupie en bois rouge et passait ses journées accroupie à la faire tourner. Elle jouait avec le chat de Catherine. Lui seul était resté chez nous, les autres avaient foutu le camp un jour ou l'autre par les rues et les champs. Elle faisait tourner vite vite la petite toupie et quand celle-ci glissait sur les tommettes en ronflant, Pilou bondissait sur ses deux pattes arrière, debout, ses petits bras battant l'air de frayeur et de plaisir.

Elle riait faiblement de le voir courir maladroit comme un enfant. Pensait-elle à nous il y a si longtemps ? Quand nous riions dans l'escalier en glissant sur la rampe de bois.

Alors elle attrapait la toupie et avec ses deux doigts la renvoyait balader à l'autre bout de la cuisine, rouge et sifflante devant les bonds du chat ; et elle repartait de son rire fragile, si frêle sous les pieds de la table. Avait-elle peur de voir s'arrêter cette toupie, un peu comme nos vies, ralentir, ralentir, puis tomber doucement sur le côté ?

Elle ne faisait que des petits bouts de ménage, les repas étaient légers. Parfois chacun préparait son œuf et le mangeait debout. Personne ne me demandait plus rien, je descendais dans la cave voir si la poussière et les rats n'entamaient pas eux aussi le rempart dérisoire que je construisais pour nous.

Quand les beaux jours sont revenus, avec Raymond, nous sommes allés traîner un peu plus loin, dans les banlieues calmes et plutôt chic où de jolies maisons bordent les avenues, chacune possède son jardin, sa véranda et son portail en fer forgé qu'escalade un vieux lierre, que bordent deux cyprès. Nous croisions le matin des femmes tardives qui vont aux commissions et des chiens échappés qui flairent l'aventure parce que le ciel est bleu.

Nous cherchions les cyclos qui n'ont pas d'antivol et les voitures ouvertes. Depuis le printemps nous nous faisions pas mal d'argent avec les pièces détachées. Quand on tenait un bon cyclo, on l'amenait dans la colline, pas très loin de chez nous, et on le désossait. C'était l'époque où la chasse est fermée, on ne voyait personne. Nous avions installé notre garage sous un fourré de ronces. C'était la mode des selles longues, des guidons étroits et des queues de renard. Les petits cacous en raffolaient; nous commencions à être connus. Nous touchions un peu aux voitures aussi, c'est fou ce qu'il y a dans les voitures ouvertes que les propriétaires croient avoir bien fermées.

Nous caressions, tout en flânant, ces serrures qui brillent sans nous arrêter de blaguer ni de marcher. Quand l'une d'elles s'enfonçait sous nos pouces nous allions faire un peu plus loin demi-tour puis nous revenions tout chaparder en un clin d'œil : des blousons, des postes, des lunettes de soleil, des sacs de femme avec parfois une montre, un peu d'argent, des livres, du parfum, des papiers d'identité que nous gardions en cas de clandestinité, un petit Teppaz sur une lunette arrière... Un jour nous avons trouvé dans un coffre une tenue de plongeur sous-marin, nous l'avons prise. Une autre fois nous sommes tombés sur un revolver dissimulé sous le siège, il n'y avait pas de balles; je l'ai caché avec le reste dans notre cave, plié dans un chiffon, j'étais fier.

Il y eut cet après-midi de juillet. Nous étions allés nous baigner dans un bassin près de Saint-Joseph, nous avions suivi le canal à l'aller et au moment de retourner il faisait encore si chaud sous ce soleil qui refusait de descendre que nous avons piqué le premier engin sur le bord de la route, un Solex sans antivol devant un Casino. Je chalais Raymond. Nous n'avions pas fait cinq cents mètres qu'un motard bleu ciel nous double et nous fait signe de stopper. Mon sang ne fait qu'un tour. Derrière il y a l'autre.

Je me gare ; ils s'approchent tous les deux et l'un dit : « Vous ne savez pas qu'il est interdit de chaler ? »

Je réponds « Non ».

« Vous avez des papiers ?

— Non.

— Vos noms et adresses ? »

Sans réfléchir je dis :

« Fine Xavier. »

Le nom d'un élève du lycée, le premier qui m'était passé par la tête.

Il se penche sous le guidon et lit la petite plaque de métal où est gravée l'identité du vrai propriétaire. Merde ! Je n'ai pas pensé à ça, nous sommes bons ! Il se redresse, fixe Quiquette-Bleue et lui demande :

« Et toi, ton nom ?

— Euh... Comme sur la plaque, c'est mon Solex !

— Ah ! c'est toi Albert Jourdan ? »

— Oui, monsieur.

— Tu n'as vraiment pas de chance Albert parce que sur la plaque c'est Yves Bonnet le propriétaire du véhicule ! »

Il fait signe à son double qui enfourche sa moto et s'en va. Nous restons tous les trois plantés sur le bord de la route à attendre on saura bientôt quoi.

Je lorgne vers Quiquette-Bleue pour voir ce qu'on peut tenter. Il faudrait détaler maintenant mais s'il nous tire dans le dos... Il est devant nous comme un cow-boy qui écarte les jambes au cas où. Raymond attend sans guetter ; a-t-il peur ?

Brusquement une voiture de la gendarmerie débouche en trombe, sa sirène hurle, l'autre motard est devant. Le ton change. Ils freinent pile, ouvrent les portières, nous jettent dans la voiture, embarquent derrière le Solex qui ne veut pas entrer, gueulent parce que l'essence se répand, claquent toutes les portières et on repart en trombe sous escorte. Nous sommes faits ; la main dans le sac. Quiquette-Bleue doit penser à son père, se dire que ce coup-ci la hache n'est pas pour les gendarmes. Il est plus blanc qu'un drap.

Nous voilà dans la cour de la gendarmerie. Nous entrons poussés par les uniformes. Tout de suite on nous sépare, Quiquette-Bleue bifurque à gauche, moi à droite d'un couloir. Nous avons droit à un motard chacun et deux gendarmes. Ils ne traînent pas : Paf ! Paf ! Deux baffes. L'interrogatoire commence :

« Ça fait combien de vélomoteurs que vous volez, voyous ? »

Comme je suis sourd et muet : Paf ! paf ! paf ! Une de plus que tout à l'heure et mieux appuyée. Je suis loin des ratatouilles de Bombardier et de Branqui, j'ai encore de la marge pour faire la carpe. Un sourire chatouille mes lèvres, je pense à Raymond à côté, ça commence à faire un bail que nous prenons des branlées ensemble ; j'ai même envie d'éclater de rire tellement ça fait longtemps qu'il est assis près de moi sur les bancs des écoles et des gendarmeries à attendre les coups. Comme un champignon qui affleure sous l'humus mon sourire a dû se deviner, le motard devient furieux, il n'a même pas enlevé son casque.

« Tu ne te moquerais pas de nous quand même, dis ? Tu te foutrais pas de moi ! »

Pim ! Poum ! Il remet une tournée. Deux châtaignes cette fois. Je commence à déguster. Les gendarmes regardent, l'un debout, l'autre assis devant une machine à écrire, la main en l'air prête à taper.

« C'est la première fois, monsieur, on ne pouvait plus rentrer tellement on était fatigués, on comptait le ramener demain à la même place. »

Je finis à peine ma phrase que je suis soulevé, je m'écrase sur un bureau en fer. Il vient de m'envoyer un coup de botte par-derrière, ça me fait un de ces mals ! Je ne peux presque plus respirer, s'il continue à ce rythme je ne vais pas tenir longtemps.

Il m'attrape par le col, m'entraîne dans le couloir, ouvre une porte et me jette dans une grande pièce basse. Je l'entends donner deux tours de clef.

Je suis seul dans cette salle avec un vieux canapé et deux doigts de poussière. Pas de fenêtres, pas de lucarnes. Une bave de jour stagne sous les tuiles ; c'est une espèce de grenier.

Je m'assois sur le canapé pour récupérer et j'attends, j'attends. D'ici on n'entend rien, silence et poussière. Je regarde partout et je tombe sur mes mains, elles tremblent doucement, mes jambes aussi et mes dents. Il m'a fait peur. Plus je m'en aperçois, plus mes mains pianotent, plus la peur et l'angoisse prennent mon corps, ça monte et ça serre. Maintenant c'est comme si le motard s'acharnait des deux mains sur mon cou, je suffoque. Sans m'en rendre compte je défais mon pantalon pour respirer ; il me semble que je suis dur dans mon slip. Malgré l'angoisse je bande, là, sur ce divan pourri, en attendant la suite des sévices.

Oui, c'est bien ça, je bande dur comme un bâton et pourtant j'étouffe, je sais que la porte va s'ouvrir, il va réapparaître. J'ai si peur maintenant que je commence à me toucher... Je m'empoigne comme on attrape une main lorsqu'on est emporté par l'eau d'un canal, je m'accroche à elle, je me hisse, je me hisse, je tire comme un fou et brusquement tout se trouble : la porte, les tuiles, la poussière du divan, ma main agrippée à cette autre main plus dure et bouillante qu'une bûche en feu.

Je vais perdre connaissance. Tout est bleu autour, valse, s'en va... C'est une sensation exquise, le plaisir noie mon corps, un plaisir comme on n'en ressent qu'un dans la vie. Je me laisse noyer, je sombre sous cette averse de soleil, je rêve. Je sais confusément que je viens de jouir.

Quand je remonte à la surface je vois des taches blanches sur mon ventre, ma main est visqueuse. Je suis sûr maintenant que je viens de jouir. J'ai du sperme comme tout le monde ! Je pense à mon âge : pas tout à fait quinze ans. Le bonheur emporte mon corps.

Ils peuvent entrer à dix à présent, ils tombent sur un homme ! Il n'y a plus de l'angoisse que ces petites gouttes claires qui parsèment ma peau. Je suis ivre et je les attends.

La porte s'ouvre, c'est mon zèbre sous son casque. Il est épileptique celui-là ma parole ! Il me voit dans cet état, hilare, débraillé sur le divan, il n'en croit pas ses yeux. Il se met à barrir, me fonce dessus. Hop ! D'un bond je franchis le divan ; me voilà de l'autre côté. Nous faisons comme à l'école autour du platane, il essaye de m'attraper d'un côté, de l'autre... On fait deux tours, on s'arrête, on s'observe... Il est dingue ! On repart dans l'autre sens, on revient. Je lui lance : « Va te faire enculer par les Grecs ! » Puisque j'y suis je me mets à crier à tue-tête pour qu'on sache dans tout le quartier qu'il veut m'exécuter, le bœuf ! Un boucan du tonnerre de Dieu et je continue à tourner comme un furet autour du divan. Je fais des bonds de deux mètres par-dessus les coussins, je tiens une forme épouvantable.

Mes gloussements rameutent toute la gendarmerie, j'entrevois des faces ahuries. Ils finissent par me coincer, le sanguin se rue. Je reçois un boulet en plein ventre et je m'étale dans un nuage de poussière. Dans ma tête le déclic est immédiat, l'instinct de survie : je me contorsionne comme un ver et je me détends d'un coup sur le carreau. Je reste bras en croix, œil blanc et bouche en biais. Plus un souffle.

J'ai l'impression que la mêlée s'écarte au-dessus, j'entends des voix... On me scrute... Quelqu'un dit :

« Tu n'aurais pas dû y aller si fort, c'est qu'un minot, Léon...

— Je ne l'ai pas touché, c'est lui qui est un danger, je voulais le calmer... Je... »

Je tiens bon, je me mords la langue.

« Va vite chercher de l'eau fraîche et un torchon ! »

J'entends des pas, des chuchotements, on se penche sur moi, on me tapote, on me rafraîchit.

« Putain, putain, tu vois pas qu'il ne revienne pas, on est beaux ! »

Quand je sens que tout est calme, je gémis, je fais semblant de revenir, j'entrouvre un peu plus que mon blanc.

« Ça va mon petit ?... Ça va bien ?... »

On m'entoure, on me sourit, on m'aide gentiment à retrouver mes jambes. Je ne dis toujours rien. On m'apprend à marcher de long en large, on me désaltère. On va même chercher Quiquette-Bleue.

« Tiens, ton copain, tu le reconnais ?... Vous allez rentrer ensemble maintenant. »

Bon Dieu qu'ils sont gentils, Raymond ouvre des yeux ! Il doit se dire qu'il est mieux tombé que moi malgré le joli cocard qu'il trimbale, ils n'ont pas dû lui servir de menthe à l'eau.

On nous fait asseoir dans la voiture avec mille précautions et on nous raccompagne comme deux ministres sur la banquette arrière jusqu'à l'entrée du quartier.

« Voilà, on vous laisse, plus de bêtises ? N'allez pas encore vous faire attraper pour des histoires pareilles. Allez, rentrez vite chez vous, pour cette fois on oublie tout mais c'est promis, hein ? C'est promis, plus de bêtises... Allez... »

Ils font demi-tour dans la nuit, ils s'éloignent sans faire grincer les pneus, leurs feux s'éteignent. Ils sont contents de tout oublier, ils ont eu une trouille ! Moi je reviens en homme.

Les jours suivants j'ai senti que Raymond me lâchait. Sans rien dire, discrètement il m'évitait. Il ne manquait plus l'école et le soir il ne jetait plus son cartable dans le couloir pour rôder librement, il avait toujours quelque chose de pressé à faire. Il était allé trop loin dans la peur. À sa façon inquiète de fouiller les trottoirs à la sortie de cinq heures pour voir si j'y étais, j'ai compris que je l'effrayais. Je n'ai pas insisté, ça me faisait quelque chose tout de même depuis si longtemps.

Je me suis replié sur notre cave, là était ma mission. Je devais tout prévoir afin qu'on ne manque de rien durant les longues années qui nous attendaient.

Mon père m'avait inscrit à un cours par correspondance pour conserver les allocations, Maman poursuivait sa toupie entre les pieds des chaises et de la table. Pilou s'était lassé de bondir après le même sifflement. Elle jouait seule maintenant.

Des devoirs je n'en renvoyais pas beaucoup ; depuis plus de deux ans que je n'avais pas fichu les pieds à l'école je ne comprenais pas tous les sujets, en mathématiques je ne les lisais même pas.

Je me suis spécialisé dans le vol solitaire. J'ai appris au fil des jours à connaître par cœur tous les grands magasins de Marseille : Prisunic, Baze, Le Magasin général, Les Dames de France, Uniprix, ceux qui sont un peu plus loin quand on quitte La Canebière, la rue de Rome et la rue Saint-Ferréol.

C'est agréable les matins d'hiver, quand le mistral s'engouffre dans les rues d'ombre et vous fouille le corps jusqu'à la moelle des os, de quitter brusquement ces trottoirs glacés qui mugissent et de franchir les grands panneaux de vitres vers ces royaumes de chaleur, de musique douce et de couleurs. Là on est bien d'un coup. On entre dans des parfums divins, comme si une jeune fille vous accueillait dans son cou.

Avant d'agir je flâne le long des allées tièdes entre les rayons rouges, mauves, verts et violets. J'aime le ventre profond des magasins, je caresse les marchandises, je repère les va-et-vient douteux. Je connais maintenant presque tous les surveillants en civil et les vendeuses qui veulent plaire au chef de rayon parce qu'elles sont un peu tartes ou veuves depuis trop longtemps.

Mon blouson vaut de l'or. Il ne paie pas de mine mais on dirait qu'il est fait pour : très serré à la taille et ample sur le corps, avec une fermeture Éclair qui s'exécute dès qu'on la sollicite. C'est fou tout ce qu'on peut glisser dans ce blouson sans qu'il déforme la silhouette.

Voilà comment je pratique : le plus simplement du monde. Je m'approche du lieu, vérifie les abords, me colle au rayon. Je prends deux objets identiques assez rapidement, j'en glisse un dans ma fermeture entrouverte, garde un instant l'autre dans la main, le palpe, lis l'étiquette puis le repose très ostensiblement. Ce geste je le décompose afin qu'il n'y ait pas de doute.

J'ai fait ça dix, vingt fois, ça marche, les objets finissent par glisser tout seuls dans l'échancrure, ils savent quand je les approche que c'est là leur destin, ils obtempèrent. Même si on me suivait on ne verrait rien. Les vendeuses me sourient, je suis un peu le fils des magasins, je me balade comme ça avec dix larcins sur le ventre et je franchis les caisses en payant un litre de lait. Je suis un innocent.

Dans chaque magasin j'ai mes rayons préférés ; je ne vole que ce qui dure, le reste dans la cave périrait, mais je vole pour nous tous. D'abord du linge : des chaussettes, fines ou en laine, des tricots de peau, des slips, des chemises lorsqu'elles sont bien plates sous la cellophane et glissent dans mon blouson comme une lettre à la poste. Des chemises j'en ai deux cartons, de toutes les tailles et de toutes les couleurs. Les pantalons c'est un peu plus difficile, ils pendent sur des cintres, j'ai tout de même mon lot. Avec les draps, je pourrais ouvrir un hôtel, je prends les plus chers tant qu'à faire, c'est doux et ça dure plus longtemps. Pour les chaussures, j'enfile les neuves et je laisse les miennes, je soigne mes pieds comme les belles femmes leurs mains, je marche dans des gants.

Pour l'entretien général de la maison et des corps ça n'est jamais de trop : shampooings, parfums, savonnettes à l'amande douce, dentifrices, cirages ; stylos et cahiers pour Ange-Paul et mon père qui sont encore à l'école ; des ampoules, des piles de rechange, des petits outils pour bricoler, de la crème à raser, des lames et de la vaisselle, pardi !

Ah ! de la vaisselle ! Il y en a pour tout le quartier, nous ne mangerons jamais avec nos doigts. J'ai même des couverts en argent. Toutes ces choses sont si petites que j'en entasse de vraies ceintures autour de ma taille et je suis toujours aussi svelte.

C'est un métier le vol, il faut savoir ranger, voilà ! C'est une question d'ordre. Je suis une quincaillerie qui se déplace avec candeur.

Quelques objets de valeur : bagues, boucles d'oreilles, montres, là c'est beaucoup mieux gardé, je ne me lance qu'à coup sûr lorsque tous les dos sont vraiment tournés ; ce ne sont pas des objets de première nécessité, la fourgue n'est pas de tout repos.

Pour la nourriture c'est plus délicat, presque tout périt. Je ne prends que l'inattaquable : poivre, épices, tubes de Nestlé. J'ai découvert à Baze des boîtes de crabe, c'est très cher le crabe ! Pour une boîte de crabe on a huit boîtes de pâté, j'ai fait le compte. Je n'en ai jamais goûté mais ce doit être fameux et nourrissant, chaque fois que j'entre à

Baze j'en prends quatre ou cinq. Nous pourrons tenir une guerre au crabe en nous régalant ! Il faudrait que j'en goûte une mais j'ai toujours peur d'écorner le stock ; bizarre cette inquiétude malgré l'immense réserve.

Je range nos provisions dans des cartons neufs que je trouve devant le magasin de lumières, je colle sur chacun une étiquette : linge de corps, habits, vaisselle, produits d'entretien, toilette, nourriture, bricolage, divers, objets de valeur, literie. Je passe des heures dans le noir assis sous ma cabane de carton. Un coq en pâte.

Un jour comme ma mère n'arrêtait pas de courir accroupie après sa toupie, je lui ai remonté de la cave le Teppaz et les 45-tours que j'avais ramenés du lycée ; elle ne m'a pas demandé d'où je sortais ça, elle ne nous demandait plus grand-chose, elle cheminait discrètement sur une longue rêverie.

J'ai vu au fil des jours que l'une de ces chansons lui plaisait beaucoup, un air connu où Edith Piaf disait qu'elle ne regrettait rien, un air de son époque que les hommes portent sur leurs lèvres dès le matin et qui rend si heureux le dimanche de chacun ; ça parlait d'amour triste et de Paris. Toute sa vie elle avait rêvé d'un seul jour à Paris, c'était lié à l'idée qu'elle se faisait de l'amour. C'est à Paris que l'on tombait directement amoureux en descendant du train, c'est si beau ! Elle a un peu oublié sa toupie et s'est enfoncée dans les rues de Paris. Dès que sa chanson était finie elle la remettait : « Non rien de rien, non je ne regrette rien, ni le bien qu'on m'a fait, ni le mal, tout ça m'est bien égal... »

En quelques jours nous la savions par cœur, le Teppaz tournait sur le coin de la toile cirée, dès qu'il s'arrêtait ma mère bondissait sur son bras pour qu'il recommence, il n'y avait plus de silence : « Avec mes souvenirs j'ai allumé le feu, mes chagrins mes plaisirs je n'ai plus besoin d'eux, balayés les amours… »

Elle fredonnait avec la petite Parisienne que l'on voit sur les pochettes, ses longues mains pâles collées contre son corps d'enfant. De ma tête non plus cette chanson ne sortait plus comme la première que l'on entend en se levant et qui vous poursuit jusqu'au soir. On pense sur cet air, on marche sur cet air, on mâche sur cet air.

« Non rien de rien, non je ne regrette rien, ti la lam, ti la lam, ti la lam, ti la la la la lam… » Je sortais mais elle m'accompagnait la coquine, comme une abeille qui serait entrée dans ma tête par l'oreille et ne trouverait plus la sortie. Avec cette rengaine, cette toupie, cet électrophone et ma mère qui n'arrêtait plus de faire tout tourner, je me mis à tourner à toute allure dans les rues, les magasins et encore dans les rues.

J'ai volé en musique tout ce qui m'est tombé sous la main, n'importe quoi. Partout où j'entrais je savais que je sortirais avec quelque chose, ma main était une toupie, elle tournait sur tout. Dans les boulangeries, sur les tablettes de chocolat ; dans les pharmacies sur les crèmes de beauté, les paires de ciseaux, les rouleaux de sparadrap ; dans les drogueries, les bombes à mouches, les allumettes… J'ai rapporté des paillassons que je prenais en passant sur les seuils, des balais qu'on laisse un moment sur le pas de la porte, un râteau, un béret, deux cabas. Quand il n'y avait rien de possible dans les boutiques je prenais le stylo et le scotch sur la caisse, un cendrier. Je prenais tout : une brosse, un mouchoir, un pot de fleurs, des pinces à linge, un thermomètre sur une fenêtre. Je ne vivais plus que pour ça, je ne voyais que ça, toujours en alerte. Je matais, matais, matais, je ne pensais plus à rien. Tous mes mouvements, mes mots, mes pas chantaient vers mon but : construire autour de nous une muraille de richesses. Ça m'obsédait tant que je passais mes nuits les yeux ouverts à voir les choses que j'allais prendre. Je préparais tout, je récapitulais, des fleuves d'objets s'écrasaient dans ma tête.

Avec cette musique de crâne qui tournait, tournait : « Non rien de rien, non… », un arrosoir, un marteau, une jupe qui sèche, une boule de billard, un briquet, une cage, un collier de chien, une poupée, un couteau scie, du rouge à lèvres…

Cet hiver-là il a fait un temps de cochon, nous étions tous frigorifiés, les gens s'engouffraient dans les magasins, moi aussi. C'est juste après Noël que j'ai découvert ce magasin de luxe, il devait être récent, tout illuminé par les milliers de cristaux suspendus à des plafonds immenses. Ça sentait le printemps.

Ils avaient choisi les plus belles vendeuses de

Marseille avec des jupes au-dessus du genou et un décolleté chic. On était obligé de sourire en entrant tant on se sentait bien. Cela me donna des goûts de luxe, j'aurais voulu être impeccable et faire le difficile en frôlant ces poupées. Un palais dans un rêve d'Orient.

En souriant je suis tombé dans les fourrures, au cœur somptueux de ces salons. J'ai pensé à ma mère qui n'avait même pas un bon manteau de laine à se mettre sur le dos, seulement sa veste étriquée de tailleur, une pelure grise de trente ans.

Je n'ai pas eu à hésiter, c'était tout décidé, je prendrais le plus beau et elle aurait chaud durant tous les hivers de sa vie. J'ai cherché le plus cher. C'était un marron-fauve zébré, une merveille ! J'aurais été incapable de dire le nom de la bête mais en calculant dans ma tête il frôlait le million, le prix était en nouveaux francs.

En le caressant j'ai vu la chaînette qui retenait la fourrure par la manche, ça m'a fait doucement rigoler, des bleus ces surveillants... Je suis sorti et j'ai foncé à Baze où il y avait des pinces coupantes, j'en avais déjà pris pour l'antivol des cyclos. Je suis revenu illico à mon affaire, il n'était pas dix heures du matin.

C'est dans la poche, me suis-je dit; pourtant, en franchissant de nouveau les portes du grand magasin j'ai senti comme une peur qui prenait mon corps, ce n'était pas une bagatelle un million. J'ai fait le tour du rayon pour vérifier les issues, la garde était normale; un peu molle, ai-je pensé, à cause du peu de monde à cette heure. La peur a malgré tout grimpé vers mon ventre, mes pieds se sont mis à chauffer. Mon calme s'en allait. Une telle somme... Je savais que plus j'attendais, plus ce serait difficile.

Je me suis approché du fauve de luxe, ma pince dans la manche et clac ! la chaîne n'a pas fait un pli. J'ai filé deux rayons plus loin sans rien toucher. D'abord faire le point. Personne n'avait rien vu, les vendeuses continuaient à vaquer, un sourire de sommeil au bord des lèvres. On ne se doutait pas que j'étais là comme un trou d'un million.

J'étais tellement magnétique au moment d'accomplir le dernier geste que tout le magasin s'est mis à battre dans mes veines, dans chaque grain de ma peau. Encore quinze secondes et mon cœur explosait. Je n'ai plus rien regardé, je me suis avancé vers la fourrure de ma mère, je l'ai décrochée de son cintre, naturellement, comme dans les films après le spectacle ou chez Maxim's. La chaîne a glissé par terre et s'est éteinte sur la moquette. J'ai plié la bête sur mon bras droit et je me suis dirigé vers la sortie, lentement, par la grande allée centrale.

Je ne sentais plus rien, j'avançais. J'étais devenu le vide. Dix pas et j'étais dehors. Je suis arrivé aux portes de verre, je me suis dit : « C'est gagné ! » Une sirène démente s'est déclenchée sur ma tête. Ça éclatait de partout. Au moment où je prenais mon envol sur le trottoir mon corps fut arraché de terre. Quatre hommes me ceinturaient sous l'explosion.

On m'a traîné dans un sous-sol, sans un mot. C'était l'envers du magasin, un bureau en béton éclairé par une faible ampoule. Les quatre hommes m'ont fait asseoir sur un banc, ils ont observé le manteau et l'un d'eux a siffloté en disant : « Tu ne te mouches pas avec le coude, toi ! »

Ils étaient tous habillés en jeunes : jeans et tennis prêts à courir. Un homme en cravate est entré et m'a demandé mes papiers, je n'en avais pas. Il a regardé à son tour la fourrure et a téléphoné, j'ai compris que la police était au bout du fil. Deux des surveillants se sont assis près de moi, les deux autres ont quitté le sous-sol. Nous sommes restés un long moment sans parler puis il y a eu du bruit dans le couloir, des voix, cinq policiers en uniforme ont surgi dans le bureau. Le plus gros m'a attrapé par le bras et m'a secoué pendant qu'un autre avait du mal à me passer les menottes. Ils m'ont amené avec le manteau comme pièce à conviction, le responsable en cravate les a remerciés.

Dehors le fourgon attendait. Ils m'ont fait monter à l'arrière avec deux agents et nous avons démarré. Tous me fixaient, même les yeux du chauffeur dans le rétroviseur ; je me suis détourné, à travers la vitre j'ai regardé la ville défiler. Nous avons d'abord fait un détour par les rues à putes, le fourgon avançait difficilement, puis nous avons débouché sur le Vieux-Port. Il devait être midi, beaucoup de gens s'asseyaient aux terrasses ensoleillées, un sandwich à la main, leurs vestes posées sur le dossier des fauteuils. C'était une belle journée d'hiver, on se serait baigné. La mer a disparu. Le fourgon s'est faufilé dans d'autres ruelles pauvres, nous avons franchi un grand portail et un planton : l'Évêché, le grand centre policier de Marseille. Il y avait des dizaines de fourgons et des voitures bleues. On m'a descendu dans un nouveau sous-sol.

Un long vestiaire aux murs couverts de placards vert armée, en fer. Deux policiers sont restés là pour me garder, ils ont enlevé leur veste et mes menottes, m'ont permis de m'asseoir. Au bout d'un moment l'un des deux a dit : « C'est bon, non ? » L'autre a répondu : « Oui. » Ils ont tiré une petite table en bois et ont sorti de leur casier du pain, des gamelles et une bouteille de rouge ; ils ont été tout de suite plus gais, ils ont posé les revolvers près d'eux et le plus jeune a dit :

« Tiens, goûte un peu le cassoulet de ma femme, tu m'en diras des nouvelles. »

L'autre s'est régalé, il lui a servi en échange un verre de son vin de Montpellier, une petite vigne de famille. Ils ont goûté un peu à tout, ils semblaient m'avoir oublié et riaient volontiers. J'ai remarqué qu'il y avait un très gros cadenas à chaque armoire métallique, c'était drôle, surtout ici, le seul endroit où les voleurs ne se risquent jamais. J'ai pensé qu'il y en avait peut-être aussi dans la police, ça m'a rassuré.

À un moment j'ai eu l'impression qu'ils se souvenaient de moi, celui dont la femme avait préparé le bon cassoulet s'est retourné et m'a tendu une tranche de pain et de pâté, je l'ai remercié et j'ai mangé par politesse. D'autres policiers sont arrivés en civil, ce devait être leur quart. Ils ont enfilé devant moi l'uniforme ; l'un d'eux a raconté que la veille il avait sifflé un jeune sur un cyclo volé, il m'a montré du doigt :

« À peu près de son âge... »

Le jeune pour lui échapper avait dévalé en cyclo tous les grands escaliers de la gare Saint-Charles. Il a ajouté :

« On ne peut rien, ils sont plus forts que nous, ils nous crachent à la figure et ça nous retombe dessus. »

Les autres ont approuvé, les cadenas ont claqué et chacun a regagné son poste.

Mes deux gardiens ont rangé les gamelles dans leurs placards, ils ont enfilé leur veste, attaché leur revolver et m'ont dit qu'il fallait y aller maintenant, je devais être entendu à deux heures par le commissaire du deuxième arrondissement. Ils ont ajouté en se raclant la gorge qu'ils étaient obligés de me remettre les menottes même s'ils ne pensaient pas que j'aie l'intention de m'enfuir.

Nous avons repris le fourgon, le soleil s'était caché, la ville se remettait au travail, on sentait que le morceau de printemps s'était déjà éteint, il y avait au bord des toits une vapeur de soir.

Le commissariat était fait de petits boxes séparés par du contre-plaqué, il y régnait une odeur de bouche qui s'éveille. On m'a fait asseoir dans un couloir étroit à côté d'une espèce de clochard vêtu d'un tricot jaune citron et d'un pantalon orange souillé. Ses mains étaient tout écorchées. Un homme est passé devant nous et le clochard s'est plaqué contre le mur en disant :

« Je peux rester là, monsieur le Commissaire ?... je dérange pas au moins ? »

Il était courbé de politesse. Le commissaire est passé sans répondre, grand, bronzé, il portait un costume vert pistache et une cravate lilas. Un instant plus tard il est repassé et le clochard s'est encore dressé d'un bond poli.

« Je dérange, monsieur le Commissaire ? Je peux rester debout si vous préférez ? »

De plus en plus courbé et soumis.

« Ah ! tu commences à m'emmerder, toi ! Ferme-la un peu ou je te boucle tout de suite !

— Oui, monsieur le Principal, c'est vous qui choisissez, c'est vous le chef ici. »

Du bout du couloir l'autre a lancé :

« D'ailleurs ce soir tu couches aux Baumettes, au moins tu n'auras pas froid !

— Merci, monsieur le Commissaire, merci ! » a crié le clochard et il m'a demandé si je n'avais pas une cigarette.

Il faisait chaud, on entendait partout cliqueter les machines à écrire, on pouvait suivre trois ou quatre dialogues à la fois. Parfois quelqu'un élevait la voix pour protester ou traiter l'autre de menteur. J'allais m'endormir sur ma chaise quand mon tour est venu, le commissaire me faisait signe du bout du couloir : comme je ne l'avais pas vu le clochard m'a dit très fort : « Alors ! dépêche-toi, tu fais attendre M. le Commissaire, il n'a pas que ça à faire lui ! »

Je l'ai suivi dans un box. Il a glissé une feuille blanche dans sa machine et m'a demandé mes nom, adresse, nom de jeune fille de ma mère, ma profession ou mon école, il a voulu savoir si j'étais connu des services de police. J'ai dit non.

« Pourtant j'ai sous les yeux que tu as déjà eu affaire à nous. »

Il a voulu savoir si j'avais eu un jour un accident. Il m'a regardé bizarrement et brusquement a crié : « Pourquoi voler un si beau manteau, hein ? »

Il a agité la fourrure posée près de lui, je n'ai rien répondu. Il faisait de plus en plus chaud mais on s'habituait à l'odeur.

J'ai compris qu'à côté on avait commencé à interroger le clochard, il était question de deux portefeuilles neufs en cuir fin. Mon voisin de couloir répondait que ce n'était pas lui, qu'il n'avait pas d'argent donc pas besoin de portefeuille. Les policiers se sont fâchés et ont bousculé sa chaise. Il a dû avouer car je n'ai plus rien entendu.

Le commissaire s'est levé et a déplié la fourrure :

« Avec un truc pareil ce n'est plus de la petite délinquance, ça va chercher loin, tu as plutôt intérêt à me dire avec qui tu travailles, ce n'est pas n'importe qui qui peut revendre ça... »

Il a attendu. Toutes les machines à écrire et les paroles de chaleur bourdonnaient dans ma tête, j'ai eu envie de lui répondre que c'était pour ma mère mais j'ai préféré la laisser en dehors. J'ai fixé un calendrier sur le mur, nous étions le 6 février.

Deux inspecteurs sont venus se placer derrière moi. J'ai cru qu'ils allaient me tabasser mais très vite j'ai compris qu'ils voulaient me faire peur, ils pouvaient difficilement me frapper, on entendait tout.

Le commissaire a ordonné à un inspecteur de téléphoner au procureur pour savoir ce qu'on faisait de moi et demander un mandat, c'était louche une si belle fourrure. L'autre inspecteur, sur un signe, m'a conduit au bout du bâtiment et m'a enfermé dans une cellule grillagée. Par une lucarne j'ai vu que le soir tombait, il y a eu beaucoup plus de coups de klaxon dans la rue. Le commissariat cliquetait moins fort; ils sont venus me chercher.

Je suis remonté dans le fourgon, sans menottes cette fois. J'étais si fatigué que j'ai eu l'impression que cette histoire ne m'arrivait pas tout à fait, je reconnaissais les rues, l'agitation du soir, les murs sales qui bordent ensuite la route, les premiers morceaux de campagne; je demeurais froid comme s'ils n'emportaient que mon corps.

Dans notre impasse j'ai vu qu'une voiture de police stationnait déjà devant notre porte au 22. Ils venaient de tout découvrir. Dans le couloir il y avait une gigantesque pyramide de cartons et ils n'avaient pas fini d'en monter de nouveaux de la cave.

Ma mère était debout dans l'escalier, appuyée sur la rampe. Elle ne comprenait pas d'où ils sortaient tout ça.

J'ai pris quelques affaires dans la chambre et je suis remonté dans le fourgon. Il a démarré dans le silence. Ma mère nous a suivis jusqu'au bout de l'impasse, un fil invisible la rattachait à moi. Elle avançait parmi les gens attroupés avec cette grimace de tendresse épuisée.

J'aurais aimé qu'on se quitte en chantant qu'on ne regrettait rien, comme la petite Parisienne, mais il y avait entre nous, déjà, tout le poids de la nuit. Elle s'est arrêtée devant les trois marches du Ciné-Vog, juste là où l'été corne avec son triporteur Papa Polo le marchand de glaces. J'ai senti brusquement que toute mon enfance venait de s'arrêter devant le Ciné-Vog.

La fenêtre de notre cuisine n'était pas allumée derrière l'acacia, cette cuisine où j'avais vécu tous les soirs d'hiver et tous les soirs d'été, le front contre le givre ou les vitres ouvertes sur les champs bleus de juin, quand on est si heureux parce que c'est la Saint-Jean.

J'ai revu ma mère assise quelques années plus tôt au soleil dans ce jardin perdu ; nous deux ensemble depuis le premier jour. Il y avait tous les souvenirs là-haut dans ces vieux murs ; notre jardin a disparu.

Là-bas, bien après la ville, les grues, le port, après les îles et les pêcheurs, le cuivre coulait sur la mer comme une voile en feu. Le lendemain il y aurait du mistral. Le fourgon a roulé plus vite, on est entrés dans le ciel noir.

DU MÊME AUTEUR

Aux Éditions Denoël

LES CHEMINS NOIRS, 1988 (Folio nº 2361). Prix Populiste 1989.

TENDRESSE DES LOUPS, 1990 (Folio nº 3109).

LES NUITS D'ALICE, 1992 (Folio nº 2624). Prix spécial du jury du Levant 1992.

LE VOLEUR D'INNOCENCE, 1994 (Folio nº 2828).

OÙ SE PERDENT LES HOMMES, 1996 (Folio nº 3354).

ELLE DANSE DANS LE NOIR, 1998 (Folio nº 3576) Prix Paul Léautaud 1998.

ON NE S'ENDORT JAMAIS SEUL, 2000 (Folio nº 3652). Prix Antigone 2001.

L'ÉTÉ, 2002 (Folio nº 4419).

LETTRES À MES TUEURS, 2004 (Folio Policier nº 428).

MAUDIT LE JOUR, 2004.

Composition Interligne.
Impression Société Nouvelle Firmin-Didot
à Mesnil-sur-l'Estrée, le 25 avril 2007.
Dépôt légal : avril 2007.
1er dépôt légal dans la collection : mars 1996.
Numéro d'imprimeur : 84983.

ISBN 978-2-07-040022-5/Imprimé en France.